阿宏的童年

王拓◎著

作品集1
王拓

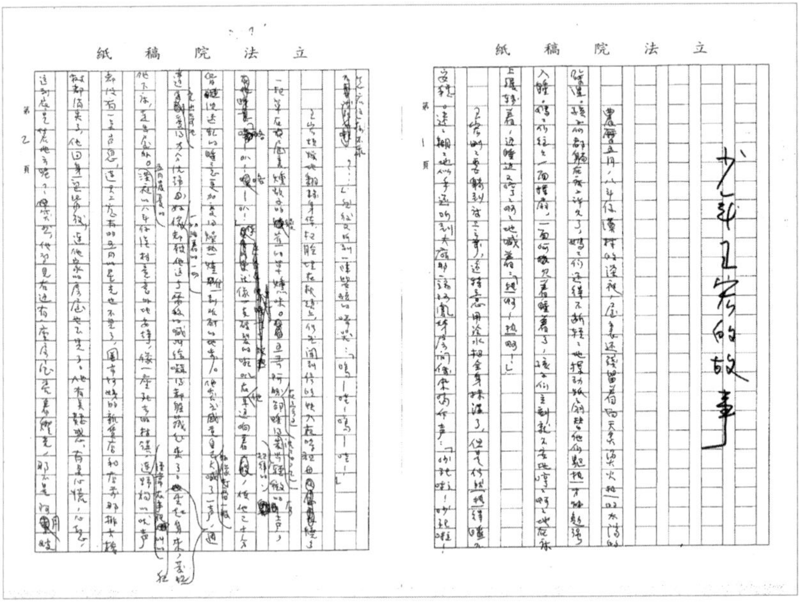

《阿宏的童年》手稿，原書名為《少年正宏的故事》。

新聞的報導[illegible]：他[illegible]向[illegible]煙囪[illegible]，四週非常空曠，[illegible]不是為拍

的場，但他竟不知為何就爬到煙囪下了，他[illegible]感到一陣熱血[illegible]，他[illegible]

心臟快速地「碰碰、碰碰」地[illegible]出他的身体[illegible]

原來煙囪下[illegible]近年來[illegible]身体，[illegible]巨大腿，兩座圓潤的乳房[illegible]

[illegible]地向兩邊伸展，[illegible]的臂膀和腋窩[illegible]

。王安[illegible]伸手[illegible]不[illegible]

他[illegible]看[illegible]窗戶，快要[illegible]接到[illegible]的大腿[illegible]

自己[illegible]大聲叫：「賊仔，賊仔，抓賊仔啊！」王安[illegible]

而大聲[illegible]的八斗仔的陶[illegible]：「哇──啊──哇──啊！哇──啊──」

[illegible]他[illegible]

[illegible]

看[illegible]，[illegible]回頭[illegible]

他[illegible]自己[illegible]空中，四週的[illegible]大雨，他[illegible]在空中[illegible]

幾成一條[illegible]，四週[illegible]，但他[illegible]和[illegible]他，

看吹著：「賊仔，賊仔，抓賊仔啊！」有一個人突然向空中[illegible]他的腳

蹬，他[illegible]叫一聲，[illegible]身体[illegible]一[illegible]，他[illegible]用力[illegible]，[illegible]身体向空

中升起，所有人都[illegible]地上了。他双手向[illegible]，身体就快速地向[illegible]飛去，人[illegible]

聲斷了消失了。他在空中跳[illegible]，突然[illegible]他的[illegible]阿文在追他，不斷向空中跳

躍，試圖抓住他的腳。[illegible]慌亂地[illegible]叫：「不要抓我啊！不要抓我啊！」

「但太晚了！[illegible]」

目錄

編輯前言

文學遊子的永恆歸返

無論景仰或敬畏，文字一直被視為一種能夠感染、啟發人們心智的力量，因此總不乏有志者意欲透過文學來介入社會，期盼藉由文字的力量帶來改變。然而介入亦是一種浸染，以文學奮力向社會呼喊的同時，四面八方激盪騰起的回聲，也可能會為創作者帶來不同的思索與覺悟。

台灣七〇年代的鄉土文學論戰也有這麼一道積極而浪漫的身影。被官方媒體點名批判的王拓先生，不僅是文學論戰裡堅定無懼的發聲者，更是一位充滿人文關懷的書寫者，為台灣留下了《金水嬸》、《望君早歸》這般直面社會底層的經典作品。而在銳意創作發表之餘，王拓先生目睹底層民眾的掙扎，並且親身體驗到政治壓迫，在在都鼓動著他以更積極的方式去介入社會。從此成為文學的遊子，由文學世界中出走，投身到政治場域，以最實際的行動實踐自己的理念。

除了將理想付諸實現，政治也令他付出過許多代價，不但曾經因此身陷囹圄，也曾以孤鳥之姿奮力飛過擾嚷的政治風波。然而其中最深沉的，或許是台灣自此損失了一位能夠如此貼近底層的小說家。所幸即便經歷政治潮湧的洗禮，王拓先生並未曾忘情文學，歷盡政治生涯的翻騰之後，再度沉澱回歸文學行列。

這次未及在作者生前出版的三部作品《阿宏的童年》、《吶喊》和《呼喚》，便是其念茲在茲重返文學創作的證明與成果。《阿宏的童年》以溫柔筆觸捕捉童幼時生長的八斗子，以及記憶中的漁村、家庭和鄰里鄉人，鮮活重現了王拓先生的童年生活。《吶喊》細數了鄉土文學論戰的交鋒與暗湧，當時社會上躁動又肅殺的政治氛圍，及其投身政治道路心路與點滴；《呼喚》則是書寫經過牢獄磨難後，重新面對社會變貌與昔日戰友的努力與掙扎……。可說是透過王拓先生的個人生命史，映照出社會基層民眾群像和台灣民主化進程。

王拓先生終其一生戰鬥不懈，曾為文學遊子的他，這一次，以點滴文字心血歸返永恆。在其身後留下的三部文學巨著，將其一生的價值信仰與奮鬥歷程，盡皆函納其中。印刻文學以至深的榮幸與敬謹出版這三部作品，期盼能替這位台灣鄉土文學前行者留下最後昂然的背影。

推薦序

從八斗子出發的見證者——關於王拓留下的三本小說

吳明益

1

我第一次認識王拓這個名字，不是因為小說，而是因為「鄉土文學論戰」這個讓浪漫時期的我心神激動的名詞。對我來說，那固然是白色恐怖的年代，也是浪漫主義的時代。因為唯有極度浪漫之人，才會在那樣的氣氛下，仍能不顧一切為自己的理念發聲。

事實上，一九七七年在《仙人掌》雜誌「鄉土與現實」的專題裡，和蔣動、唐文標、尉天驄、陳映真、銀正雄、朱西甯一起發表文章，探討「何謂鄉土？」」之前，王拓已在《文季》雜誌發表了諸如〈廟〉、〈旱夏〉、〈炸〉等「現實主義」小說。因此，他以〈是現實主義文學，不是鄉土文學〉為題並不讓人意外，因為《文季》的出現，挑戰的正是當時當道的「現代主義」。

後來被歸類為「鄉土文學作家」的王拓，當時是不滿「鄉土文學」這個用詞的，因為他認為這詞常讓人誤以為是「只描寫鄉村的文學」。他說：「鄉土文學……就是根植在台灣這個現實社會土地上來反映社會現實、反映人們生活的和心裡的願望的文學。……這樣的文學，我認為應該稱之為『現實主義的文學』而不是『鄉土文學。』」在這樣的定義下，這類的寫作者強調的是根植於「台灣現實經驗」的作品，場域則不分城市、鄉村，是一種以「寫實技巧」，表達「在地經驗」的主張，並不真的深入涉及政治、國族的意識型態。

這可以從王拓在這篇長文中第一段很長的「前言」看出來。他用數千字先談了一九七〇年代台灣社會的樣貌，裡頭陳述當時文學家必然會提及的「中華」情懷，並對帝國主義（包括「日帝」）大為撻伐。關於前者，我們當然無法判斷，當時是因為時勢之故，或是作者的真心；而關於後者，可以知道當時王拓深為左派理念吸引。這段「前言」如今讀來很有象徵意味，因為可見在當時宣揚「現實主義文學」（或鄉土文學），後來被構陷為「工農兵文學」，概念上類似於中共同路人的這批作家，正如宋澤萊在一場演講裡提到的：「當時所有參加論戰的人，不管贊成或反對鄉土文學的人都是持著中國意識，包括『三民主義統一中國』的這種意識」。只是結果帶有左派色彩的年輕作家，最後仍不見容於政府。

其次，不可忽視的是，王拓在文中對自己「文學」的懇切自白：「在我不算很長的業餘的寫作生活中，我所寫的一切文字，包括小說、報導和評論，都是對這塊土地和這塊土地的人這種堅定不移的愛心和信心出發的。」這又是帶著某種浪漫情懷的表述了。

2

讀王拓的早期作品《金水嬸》（一九七六，與《夏潮》創刊同一年），可以看出他的「現實主義」宣言的實踐。《金水嬸》以王拓母親做為故事藍本，敘事筆觸質樸無華，是清晰順暢的寫實筆法。就像以澄透銳利的鏡頭近拍的照片，自有一種素淨透明的動人魅力。

在出版兩本短篇小說之後，王拓歷經從政、牢獄之災（在獄中寫了兩本長篇小說以及一本兒童文學）、平反，成為民進黨的中堅份子，退休之後再次動筆。當我受黃武雄先生與王拓兒子王醒之先生的咐託，閱讀他的三本遺稿時，心情竟和當年讀《金水嬸》時很接近。這三部作品代表了王拓多年來的文學堅持，很像是他對現實主義的宣言：「反映現實生活中的人的感情和人性反應」，再加上他一貫的浪漫情懷。只是這次王拓寫的不是他的母親、漁村人民、底層勞工、受資本家壓迫的人們或是醫界黑暗面，而是幾番從文壇、政壇裡「死去活來」的自己。

這三部作品裡面以王拓自身為藍本的主角，年紀最輕的是《阿宏的童年》，時間跨度應在一九五〇——一九六〇年之間；三十萬字的《吶喊》是鄉土文學論戰前後到高雄橋頭事件；《呼喚》則是一九七九至一九八九年間，從美麗島事件到台灣解嚴，以及天安門事件為止。

根據王醒之先生給我的信件裡的說法，《阿宏的童年》創作時間較早，後兩冊則是在王拓從文建會主委卸任後所寫，修訂完成的時間是去世前的兩個月。也就是說，這三本書是「順著生命之流」而寫的，雖然其間的人名體系都不相同，卻可以清楚辨析出王拓本人的角色及周遭人物。可以說，從文學步入政治，再從政壇退役的王拓，早就有意圖以這近五十萬字描述自己五十年的生命史。據說如果身體沒有出狀況，他是希望能再接續寫下去的。

這三本小說中，在前兩部王拓的代言人都叫「阿宏」（雖然姓有更動），最後一部則變成「林正堂」。小說裡有些人物使用真名（比方說比較無關情節推動的人物如藝術家劉國松），有些人物則依託另一個名字（如陳映真在《吶喊》裡是石用真）。不過，只要有一定程度的台灣文學或政治史知識的讀者，辨識出小說裡人物與真實人物的身分並不困難，因為王拓並沒有用過多的文學筆法掩飾。或者，我認為王拓是刻意不掩飾的。

所有的文學研究者都知道，小說絕對不能等於作者自身（王拓本人也在《吶喊》的序裡說明）。作者隱身在文字之後，他取、捨了什麼材料，多半讀者並不知道。就算研究者把文本拿來跟作者生平比對，在虛構文學概念的掩護之下，作者往往能「全身而退」。但研究者也都知道，小說確能看出部分作者的意識型態、意圖與理想。這似近似遠的關係，就是文本與作者之間的秘密引力。

在文學領域裡，王拓與《夏潮》、《文學季刊》成員關係很深，甚而參與其中；在政治領域，王拓曾任國大代表、立法委員、文建會主委；在這兩者交錯的時空，王拓因著文學，也因著政治入獄。這些都意味著，王拓不僅僅是一個「作家」，也是一個時代的見證人。因此，他留下的這三部「現實主義」作品，也很接近於那個時代的「目擊者」。

3

王拓一生創作力最旺盛的時期，正是他在《文季》、《夏潮》、「人間副刊」發表小說、訪談、隨筆，同時也主持《健康世界》的時候。這一時期的王拓與「黨外」人士接觸密切，但還沒有想要涉足政治，他對文學的熱情則是一個八斗子漁村的孩子，從身邊的人、事、物以及周遭「說故事」的長輩得來的。

在《阿宏的童年》這本小說裡，主人公阿宏是個有才情卻叛逆的漁村孩子，成長過程中有兩個故事打動了他，讓性格做了改變。其一是母親金水嬸說的「魚娃娃」的故事，二是他在學校裡的外省人老師黃錦川說的「一根蔥」的故事。這兩個故事他日後都在書裡頭讀到，發現它們分別來自日本和印度童話。講述的人可能也不知道故事的來歷，這讓阿宏大為感動，文字竟有如此的力量，讓不識字與識字的人，都從其中得益。

而在老師的贈書裡，阿宏又與中國作家謝婉瑩（冰心）相遇，這些文學教養的形成，王拓顯然暗示著未來的阿宏，終究會是一個從文學出發的政治家。

《阿宏的童年》是很典型的七〇年代台灣寫實主義的寫法：小說先寫環境（八斗子漁村），再帶出次要人物，接著再讓主要人物登場。小說的開展是從主要人物的成長，間以人物、事件推動時間。其間至少揉合了幾個元素：一是私密的記憶，二是八斗子的地方發展、民間人物，以及鄉野傳奇。最後是時代的變遷以及主人翁自身的意識型態與認同的變化。

雖然是質樸，屬於在某個時代的寫實筆法（台語文也是那時代的寫作方式，因此並不準確），但一些細微之處仍打動人心。那個青春期敏感的阿宏，畢竟是一代年輕孩子的縮影。特別是金水嬸說的「魚娃娃」故事裡的啟示，成了貫穿這三部小說，最具文學性的隱喻：

知道這個世界有時快樂有時痛苦，即使如此，還是願意被生下來，那麼，你才會來到這個世界。

4

王拓因美麗島事件入獄，因為無法見到親人，也像自己的母親一樣，對著獄外的兒子講起了故事，寫成《咕咕精與小老頭》。離世後，他的兒子王醒之則寫了《爸爸什麼時候才能回家？》，與基隆畫家王傑合作，將當年的家書化成一本在時間之中的回信。這是時代的悲劇，也是兩個時空的對話。王拓的一生，本就像是一部一部作品結構起來的，似虛構又無比真實的世界。

回到一開始提到的鄉土文學論戰。我後來在閱讀這段歷史時有一種感受，因為中文的特質，加上過去作家論戰不太定義自己使用的詞義，因此很多時候「戰」沒有太多「論」的成分，甚至感情成分多一些。就像當時刊登在《仙人掌》的這十一篇文章，彼此並沒有真正聚焦。

回過頭看，當時學者、作家在使用「鄉土文學」時，可能涉及三種西方文學的概念，分別是「Nativist Literature」、「Regional Literature」以及

「Realism」。前者是在內容上強調「本土性」，其次是在材料上以「區域的」、「地方的」人、事、物寫作，而後者是一種後來廣泛演化的藝術概念。

學者陳建忠曾經據《文學辭典》，引述鄉土小說（Regional Novel）應該至少具有幾個特點：「它以某一地理區域為故事空間，特別關注社會習俗、民間傳說、鄉土語言，或者是自然風土等方面。因為這些地區性的人物或行為一旦置於其他環境就會有不協調之感，所以也有人因這類文學的特殊性質，而稱秉持這種寫作理念具有「鄉土主義」（Regionalism）。」

若查閱相關英文論述，可以發現前兩個詞在發展之初確實特別指涉非都市的在地經驗與風景。但後來，這種在地精神隨著資訊的流動、人的移動更為頻繁，甚至從世界的角度來看，「地方性」有可能存在跨國（現今的國家定義，未必和地理、人類族群的分布完全一致）的現象，以至於詮釋上益發複雜了。

當年這些文化菁英彼此之間的論戰，背後有表態的恐懼、不表態的恐懼；有自身文化教養的盲點，也有感情衝動的盲目。那盲目是國族的信仰、文化觀的信仰，再加上威權之勢，恐怖壓身的結果。

王拓這三部小說裡的主人公，從愚騃的童稚時光，漸漸變成思考「我所說的台灣人就是現在住在台灣生死與共的這些人」、「台灣人有權決定自己的命運」。裡頭的人物「不想涉入政治」，卻因為對社會、文學帶有責任感，而被迫涉入政治。終究從浪漫的少年，熱血的青年，變成懷疑論者，入世者，進而建立了自身在悲愴與恐怖的世界裡賴以維生的信仰。這三部小說裡，王拓以類自傳的方式寫進來的諸多風流人物，或許也多少看得出他們生命軌跡的變遷。

我在想，這三部小說說不定反而因此誠實地反映出了一個人的生命選擇，是在時時變動、刻刻移轉的狀況下逐漸成形的，裡頭充滿了艱困、無奈、懷疑以及不確定。而不是像一些政客所出的傳記（按理說那應該是「非虛構」作品），總是宣稱自己：「無私」、「無愧」、「無懼」。這種宣稱才是真正的虛構吧？

而這或許也就是為什麼有人認為小說有時比非虛構文學還要真實的一種可

能性。

如果以評論者的立場，我必須說，王拓在這三部小說裡的「技法」不再是此刻我們觀看的重點，也很難讓年輕作家追隨了。但這批作品放在台灣文學史上卻有一種特殊的重要地位：它們是時代的證詞，一批獨特的證詞，一個浪漫時代的證詞。是一個作家與政治家的成長之路，也是台灣意識的成長之路。

那句：「什麼日本人，中國人。我不是日本人，也不是中國人，我是台灣人，是八斗子人！」是歷經了各種挫敗、強暴、威權與傷害後的自覺，王拓一生志業真正的「現實主義」。

這讓我想再一次，重述一遍王拓當年首篇論戰之文裡，所說的那一段話：「我所寫的一切文字……都是對這塊土地和這塊土地的人這種堅定不移的愛心和信心出發的。」

這趟旅程並沒有隨著王拓先生的離世而到了終點，而是從這三本遺留下來的小說開始。

（本文作者爲國立東華大學華文系教授）

早晨的太陽

秋天，八斗子漁村後面那座不很高的八斗子山，滿山遍野地開著白色的菅芒花。站在八斗子沙灘向山上望去，菅芒花在秋天裡搖曳擺動，像一片白色的花海起伏著。

八斗子山頂是空軍砲兵部隊的駐地，軍營和砲台都是日本人留下來的。從山腳下有一條八斗子人慣稱的「陸軍路」，直通到山頂的砲兵駐地。站在山頂上可以鳥瞰整個八斗子漁村。面向大海，右邊是日本時代建造的發電廠。發電廠冷卻高溫鍋爐的入水口就在長潭尾小漁港，港裡泊靠著十幾艘小漁船。左邊是八斗子漁港，漁港的右岸是八斗子山向海裡延伸出去的山岬，左岸是八斗子人慣稱的牛寮嶺，沿著牛寮嶺有一條日本時代建造的五分仔火車的鐵路。鐵路的一端通到八斗子漁港對面的和平島，另一端則通到台北縣九份山腳下的水湳寮。那條鐵路是專門運送九份金礦的礦砂去日本提煉黃金，以及運送開採金礦所需的燃料煤碳到九份。沿著鐵路旁邊有一條公路，是八斗子通往基隆市區的唯一道路。

八斗子漁港三面環山，只有東北面向海，是一個開口的布袋形的天然灣澳。灣澳的底端原是一片綿長的黃金色沙灘。但是，幾年前發電廠卻在沙灘中間築了一條灰色的水泥堤防，把沙灘分隔成兩半。一半在八斗子漁港，一半在砂仔園。沿著沙灘和堤防旁邊的一條路叫八斗街。從八斗街進入八斗子漁村的入口處就叫砂仔園，是公車停靠的地方。八斗街尾端也是八斗子山的山腳，有一座小小的土地公廟。土地公廟旁邊是一座收容無主骨骸的萬善祠，在它上面的山腰間有一座叫「度天宮」的媽祖廟，是八斗子地區所有住民的信仰中心。

這個八斗子漁村位居台灣北端的國際港口基隆市的東北角，旁邊緊鄰台北縣瑞芳鎮的九份。在五〇年代的台灣，這是一個偏僻落後貧窮的小漁村。

現在，八斗子已進入中秋的季節。

黎明即將來到，但夜還沒有完全散去。整個八斗子漁村還昏迷在天色霧茫露水厚重的微冷的清晨裡。靜謐中有一份小小不安和騷動的海浪聲輕輕地自沙灘傳來，「嘩——啊啦！嘩——啊啦——嘩——啊啦！」

突然，遠處傳來一陣陣雞啼，「喔，喔喔——！喔，喔喔——！」

接著，又是一陣狗吠，「汪汪！汪汪！」

金水嬸躺在床上，望了望嵌在屋頂那幅小小的玻璃天窗透出一點點微弱的天光。她輕悄悄地翻轉了身體，無聲無息地坐起來，兩腳掛在床緣往地上摸索了一下，穿上木屐。回身把薄被單拉了拉，蓋在小兒子王宏身上，然後摸著黑走出臥室。

「天都還沒亮，妳這麼早起來做啥？吵死人！」金水嬸的婆婆就睡在臥室外緊靠著臥室板牆的一張床板上，隔著灰黯的蚊帳低啞著聲音說。

「我等一下要去長潭尾木村嫂家買一隻雞。後天就是中秋節了，要準備拜神的牲禮。」金水嬸邊說邊走向廚房邊。踮起腳尖伸手把飯桌上方的一盞小電燈泡扭亮，濁黃的燈光立刻微弱地映照著廚房。金水嬸拿起一具陶製的飯鍋，彎身在米缸裡掏了幾碗米，又從水缸舀了幾瓢水放在鍋裡，在水缸邊把米攪洗了幾下，把混濁的洗米水倒入屋腳邊的一個水桶裡。金水嬸平時就用水桶裡的餿水養豬。然後，她在米鍋裡加了清水倒入灶上的黑色的鐵鍋裡，蓋上鋁製的灰白色鍋蓋。

金水嬸蹲到灶邊，拿起一團煤油紙用火柴點燃了往灶洞裡一扔，又快速地架了兩根木柴在紙團上。「燒著了，燒著了！」她望著灶洞裡燃著的木柴，喃喃自語著。想起有些時候為了起火，常常要向灶洞又搧風又吹氣，還被燻得滿臉眼淚鼻涕的狼狽樣子，不能不為今天這麼順利就把灶火點起來而感到小小的喜悅和興奮。

「阿母，米已經在煮了，灶坑的火妳幫我照看一下，我去長潭尾木村嫂家買隻雞就回來。」她邊說邊走回臥室，從枕頭底下拿了小錢包塞進裙袋裡，又把被單往阿宏身上拉了拉，絮絮叨叨地唸著，「這個阿勝不時都搶伊弟弟的被單。身軀動一下啊，阿勝，你把被單壓住了，會害阿宏感冒。」臥室是個大通鋪，說大其實也不大，兩個最小的兒子加上她和丈夫金水，就把通鋪擠滿了。

「阿母，阿母，」小兒子突然醒了，翻轉身坐起來，在霧茫的微光下盯著金水嬸，有點驚慌地叫嚷：「妳要去哪？我要跟妳去！」

「阿宏乖，不要吵。你看你阿兄多乖，好好睡覺，阿母很快就回來了。」金水嬸邊說邊往外走。阿宏突然像隻小猴子似地跳下床，伸手抓向金水嬸的衣裙沒抓住，卻顛了一跤摔倒在地，「哇！」地哭了起來。

「阿母，我也要去啦，阿母，阿母——」他從地上爬起來，哭著追了出去。

金水嬸的婆婆在蚊帳裡也坐起身來，望著金水嬸的背影，嘮叨地罵著：「夭壽，孩子跌倒了也不管，這種女人……」她巍巍顛顛地下了床，想攔住阿宏沒攔住，不禁大聲喝叫：「阿宏，不要出去，天都還沒亮，路上黑黑的你會跌倒啦。」

金水嬸快速走出家門沒幾步，聽到阿宏的哭叫聲，只好在路邊的大樹下停住回頭等他。「你這個孩子不乖，阿母不喜歡你了！」她拉住兒子的手，順手打了他一下屁股，沒好聲氣地責備著，「阿母去隔壁莊買雞，你也要跟。都長得這麼大了，還哭，也不怕人家笑你。」

她掏出手帕給孩子擦了擦臉，又替他擤了鼻涕，順手又拍了一下孩子的屁股。「你這個孩子，出門也不懂加一件衣服，感冒你就知道了。」她緊緊握住阿宏的小手，突然湧起一股憐惜。這孩子都已經七歲了，還長得像隻小猴子似的，乾乾瘦瘦小小的，每次替孩子洗澡換衣服，她心裡都忍不住嘀咕，「沒奶吃的孩子，才會長不高長不大啊。」她內心對這個孩子有一份內疚。因為生他的時候，她自己已經四十好幾了，乾癟的身體已經擠不出什麼奶水來給孩子吃了。因為這份內疚，她對這個么兒就特別地疼惜、溺愛，因此，孩子也就特別地黏她，常常跟前跟後。

「你不冷嗎？天還沒亮，霧水還這麼濃。」金水嬸解下外衣要阿宏披上。他卻猴子似地一轉身，避開了。

「我不冷，」他說，臉上浮起狡黠的笑容，「人家就是喜歡跟著阿母嘛。」

「你要跟阿母跟到底時呢？七歲的孩子別人都去讀書了，你還整天黏著阿母，不怕人家笑你嗎？」

「我也要去讀書啊，都是阿母，妳為什麼不讓我去呢？」

「你太小了，去學校會被人欺負！」她說，「明年，等你長大一點長高一點再去，好不好？」

「不要，我今年就要去。我已經七歲了，我要去讀書！」天漸漸的，有點青亮了。阿宏的小臉顯出堅定的、執拗的神色。

突然，一聲嘹亮的娃娃的啼聲，劃破了八斗子漁村漸漸黎明的清涼的天空。「哇——啊！哇——啊！」應合著海浪拍打沙灘的聲音，「嘩——啊啦！嘩——啊啦！……」以及村裡不知何處響起的雞啼「喔——，喔喔——」，和野狗「汪汪，汪汪！」的吠聲。

「噯呀，一定是阿傳嫂的媳婦阿琴生了。」金水嬸自語著，拉住阿宏的手，快步向已經破曉的漸漸有了天光的八斗街仔走去。

阿宏用力掙脫了母親緊握的手，半跑著，「阿母，妳說什麼生了？」

「你的阿琴嫂嫂生孩子了。」金水嬸說，「前幾天，我看她的肚子好圓好大，也許是男的吧？」

「阿母，阿琴嫂嫂為什麼會生孩子呢？」

「小孩子，問這做啥？」金水嬸笑著說：「女人結了婚就會生孩子啊。」

「為什麼女人結婚就會生孩子呢？」

「阿母就是跟你阿爸結婚才會生下你啊，本來就是這樣的嘛，不然怎麼會有你呢？」

「那，阿母，妳是從什麼地方把我生下來的呢？」阿宏仰起臉來，好奇地問。

「這個嘛，要怎麼說呢？」金水嬸望著兒子又好奇又執拗的臉，為難地不知如何是好地想了一下，指了指自己的肚子說，「從這裡啦，從阿母的肚子啦！」

「肚子？肚子哪裡呢？」阿宏拉起衣服，摸了摸肚子，指著自己的肚臍說：「從這裡嗎？是從這裡嗎？」

「是啦，就是從阿宏的肚臍生出來的啦！」金水嬸用手戳了一下阿宏扁平的肚皮笑著說：「小孩子，有耳沒嘴，聽了就不要亂問。」

「我不信！」阿宏望著母親的臉，知道那不是真話，便挨近母親磨蹭著，「妳騙人，妳騙人，那不是真的。」

「怎麼不是真的，不然阿宏是怎麼生出來的？你不是阿母生的嗎？」金水嬸望著兒子似乎有點失望的、卻仍然有點頑強的小臉，笑著說：「阿母沒讀書，講不清楚啦，以後你讀了書老師會告訴你的。」

「不要，我不要老師告訴我，我要阿母告訴我嘛。」

「好好好，阿母告訴你，但是，你不能吵哦，」金水嬸拽住阿宏的手，把他拉近身邊，愛憐地說，「阿母給你講個故事，講魚媽媽生魚娃娃的故事，好不好？」

「好啊好啊，阿宏最喜歡聽阿母講故事了。」

天空更加明亮了，原來霧茫般灰黯的天色已完全變成清亮的光景，連海上遠處的漁船都依稀看得見輪廓了。路邊的大榕樹和電線桿也清晰可見。路上偶爾也有幾個人匆匆忙忙地走過。發電廠高聳直立的煙囪排出濃厚的灰煙。

「據說，古早古早的時候，大海裡有一種魚。魚媽媽要生魚娃娃的時候，都會問魚娃娃說，大海是一個非常大非常大，大到無法想像的大的世界。這個世界非常非常美麗熱鬧。大海裡有各種各樣的生物，好幾千種、好幾萬種、甚至好幾十萬種。你都可以跟他們遊戲做朋友。」金水嬸說。

「哇！真的啊？那好好玩哦！」王宏羨慕地讚嘆著。

「但是，大海裡也有很危險的時候，也有很可怕的地方。譬如，你可能會被大魚吃掉，可能會被凶猛的動物攻擊。你也可能會遭遇到颱風地震。」金水嬸說著說著，又不知不覺把阿宏拉近身邊，悄悄地說：「這就是你生下來以後要活在那裡的世界，你有時會快樂有時會痛苦。你要不要被生出來呢？」金水嬸突然有點認真，又好像有點開玩笑地問阿宏，「你願意嗎？在這樣的世界你願意被生出來嗎？」

「我不知道！」阿宏有點忸怩地把臉偎向媽媽。

「如果魚娃娃說不願意，魚媽媽就會把他推回母親的身體裡，讓他在媽媽的身體裡消化掉了。」

「哇！好奇怪哦！」阿宏望著媽媽有點驚恐地問：「魚娃娃被消化掉就死了嗎？」

「傻瓜，魚娃娃在媽媽肚裡還沒生出來，還沒有生命，怎麼會有死呢？要有生才有死。」金水嬸望著阿宏迷惑的臉，也覺得自己講得不清不楚。但是，怎樣才能講清楚呢？「噯呀，阿母也不會講了，反正只是故事嘛，以後上學去問老師就好了，老師有學問，他會告訴你。」

「哦！」阿宏點點頭，又問：「如果魚娃娃說願意呢？」

「魚媽媽就會向魚娃娃說，那媽媽就把你生出來了。但是，生出來以後，你要勇敢地、快樂地活在大海裡哦，不可像阿宏那麼不乖不聽話哦！」金水嬸笑著對阿宏說。

「阿母，妳騙人妳騙人，那不是真的。」

「是啊，這是阿母講給你聽的故事，我又沒講那是真的。」

「但是，阿母，妳生我的時候有沒有問我呢？」阿宏又認真地問。

「有啊，阿母有問你，那時，是你自己說願意的。你還說，以後你會乖乖的，聽阿母的話，」金水嬸笑著說：「所以，阿母就把你生出來了。但是，現在你卻不乖了。」

「阿母，妳騙人的啦！我又不是魚娃娃。」阿宏羞澀地偎在媽媽身上撒嬌地叫嚷著。

「噯呀，噯呀，你好好走路，自己走啊，阿母拖不動你。」金水嬸把阿宏推了推，又習慣性地溺愛地拍了一下他的屁股。

走過八斗街的車站，向左轉就看到發電廠的大門，大門再過去就是長潭尾的漁港了。

「金水嫂仔，這麼早去哪裡啊？」快到發電廠門口時，就看見有個人從長潭尾漁港那邊，挑了個擔子，迎面大步地走了過來，大聲向金水嬸招呼著。

「噯喲，阿富叔，這麼早就挑魚去街仔賣了嗎？」金水嬸也親切地跟那人打著招呼，還向阿宏大聲說：「快叫阿叔，阿富叔是你阿爸的好朋友。」

阿宏眼睛望著那人，只見他滿臉流著汗，身上的汗衫都濕透了，左手扶著肩膀上的扁擔，右手跟著兩腳的步伐一甩一甩地擺動著，已走近他的身旁了。阿宏有點慌張地把身體往母親的身後一縮，雙手緊緊抓住母親的手臂。

「哈哈，妳這個兒子很害羞哩，見到阿富叔還臉紅不敢叫。」那人大步走過阿宏身邊，笑著說：「怎麼像個女孩子呢？連阿叔都不會叫嗎？」

「是啊，都要去讀書了還這麼怕生！」金水嬸說，也有點不好意思地不自覺地摟住阿宏，並向已經走過去的阿富大聲說：「今天你的船回來比較早啊？有滿載嗎？」

「月光那麼亮，魚不上網，只捕到近百斤而已。漁船的電池也沒電了，只好早些回家休息。」阿富應著，頭都沒回逕自向車站大步走去。

金水嬸拉住阿宏的手，走過橫跨在長潭尾漁港出口的兩岸有點拱起來的平浪橋，遠處的水平面已在天光映照下清晰可見了，粼粼波光也像灰色的魚鱗片在天空下閃爍。

「阿宏，你就在這裡等阿母，」金水嬸指著平浪橋邊一座小小的土地公廟說，「阿母去木村阿嬸家買雞，你不可以亂跑哦。」

「好，阿宏不亂跑，在這裡等阿母。」阿宏隨口應著，眼睛已經被大海遠處海天相隔的水平面的景象所吸引。那裡的天空和大海已被一大片銀白的亮光映照著了，亮光映照的範圍向四面八方擴展，漸漸及於阿宏的眼前，他有點目眩了，不自禁地用雙手矇住眼睛，又忍不住從指縫間望去。突然一個橘紅色圓弧型的物體從海底的水平面浮起來，迅速變成金黃色半球形的物體，好像還輕微地一點一點地從海底跳出來的樣子。轉眼之間，已經變成一個金黃熾亮的圓球，把周圍的天空和大海映照成一片火紅了。

「啊！那是太陽，那是太陽啊！」阿宏大聲喊著：「阿母，我看見早晨的太陽了，好漂亮好漂亮哦！快來看啊，阿母，快來……」

這一刻，就這樣成為阿宏這一生對大自然的神奇景象記憶最深刻的印象。

中秋節的祭典

八斗子的中秋節依照慣例是要迎神遊街，演戲謝神，家家戶戶也要準備牲禮，當迎神的隊伍經過時就要燒香燒金紙感謝神明的庇佑。所以，金水嬸不到中午就把兩天前早已準備好的三牲四果擺在門口的案桌上了。

今年的中秋節有點怪異，竟然還熱得像五月天，海上也風平浪靜一如夏天，所以漁船到八月了還可以出海捕魚，不像往常一樣過了農曆七月半，就要把船拖到岸上休息並進行修補。也因為這樣，男人晚上出海捕魚，早上才回來。所以今年中秋節迎神遊街的時間就拖遲了。快到中午了，還聽不到什麼動靜。金水嬸心裡不禁嘀咕，「怎麼神明還不出巡呢？」

太陽漸漸爬到天空的正中央了。亮熾的陽光把盤踞在媽祖廟頂那條顏色斑爛的石雕巨龍的玻璃眼珠都照亮了，巨龍油彩的鱗片也一閃一閃地發亮。

突然，一陣開天闢地般的轟壯的鼓聲「痛！」一聲響徹了八斗子漁村的天空。「痛！痛！痛！痛！……」，鼓聲從媽祖廟的廟埕一直傳到海上、傳到山邊、傳到大街小巷，傳到八斗子每一個人的心裡。「痛痛痛痛……」這是迎神遊街的前奏，隊伍就要出發了。八斗子漁村的空氣立刻被攪動了。人們的神經也因此而漸漸蠢動沸騰了起來。

「阿宏啊！神明快要經過咱家門口了，趕快去叫你阿爸回來燒香拜拜。」金水嬸大聲喊著。

「妳在叫什麼啊？阿宏又不在屋裡，妳眼睛也不看，就會用那支嘴叫叫叫。」金水嬸的婆婆一如往常嚴厲地對媳婦叼罵著。

「這個死囝仔，我還以為伊在家裡。」金水嬸邊在廚房炒菜邊自言自語地嘮叨著，「那個人，早上才剛捕魚回來，也不好好休息睡覺，就愛四處跑……」

「阿母啊，神明快要來了，要趕快燒香放鞭炮哦！」阿宏突然闖進屋裡，興奮地嚷叫著。

「你這個死囝仔跑到哪裡去了？讓阿母找不著你！」

「我去媽祖廟，阿爸也在那裡。神明要來了，妳快放鞭炮嘛！」阿宏繼續興奮地嚷叫著。隔壁金蓮伯公的孫子和再傳叔的小兒子不知何時也出現在屋前的廣場也興奮地喊嚷：「神明要來囉！放鞭炮囉，放鞭炮囉！」

「阿宏，你阿爸呢？快去叫伊回來啊！還有，阿和和阿勝哥哥呢？怎麼還躲在屋裡呢？都要出來拿香拜神也不會嗎？」金水嬸有點慌亂地嚷嚷著。

「好啦，來了啦！」阿宏的四哥阿和從裡間的臥室走出來，手上還拿著一本書。裡間的臥室有一扇窗，臥室外面靠著板牆也放著一張木板床，床邊對著屋外的廣場也有一個窗子，窗前還擺了一張書桌。空間很小，阿和跟阿勝兩個兄弟常常一個以床板當椅子坐在書桌前，另一個坐在桌邊的椅子上讀書寫功課。阿和今年已經讀到基隆水產學校二年級，阿勝今年讀小學四年級。這兩個孩子都很文靜，也都很愛念書。但是阿勝卻不見蹤影。

「阿勝呢？」金水嬸向屋裡喊著：「阿和，叫阿勝也出來啊！」

「阿勝剛剛出去了，阿母沒看見嗎？他說要去外面讀書。」阿和說。

「那你阿爸呢？阿宏，去找你阿爸回來啊！」

「令爸回來了啦！找什麼找？遠遠就聽妳在對孩子大聲小聲像鬼叫一樣，幹！」金水突然在門口出現了，頭上紮著一條毛巾，兩道短眉，一雙單眼皮下有點混濁的眼睛，嘴上的短鬍鬚胡亂地張揚著。上衣的袖子高高捲起直到腋下，露出兩隻黑粗的胳臂，左腳的褲管也半捲著直到膝蓋，打著赤腳，裸露著粗大的腳趾頭。

「阿和，趕快捧水給你阿爸洗臉洗手腳，拿香拜神要乾乾淨淨才行。」

「免啦，拜啥神？」金水輕蔑地說：「不是木頭刻的就是泥土捏的，什麼神？都是騙人的！令爸就不信！」

「夭壽，你就是鐵齒，孩子都被你教壞了。哪天讓你掉了下巴，你才知道神有多靈信。」金水嬸望著丈夫，無可奈何地搖了搖頭嘆了一口氣，又命令兒子阿宏：「去叫你三哥起床，伊也要燒香拜神求神明保庇。」

「你娘哩，阿義睡得好好的叫伊做啥？現在不睡飽，晚上出海就瞌睡沒精神。」金水說：「妳這個女人，不知東不知西，就會憨緊張。神明出巡到咱家，至少也還要一兩點鐘，妳在急啥呢？先吃了午飯都來得及。」

金水說著，往飯桌邊一坐，抓起碗來邊盛著稀飯，邊向阿宏吆喝：「去叫你阿嬤吃飯。阿勝呢？伊娘哩，這些孩子野到連吃飯都不知道要回家。」

「阿嬤，吃飯！」阿宏跑向祖母床邊，拉開喉嚨大聲說。

「噯呀，有聽到了啦，我又沒臭耳聾，喊這麼大聲做啥？」

金水的母親揭開蚊帳，顫顫地下了床，打了一下王宏的屁股，咳了兩聲，穿上她那雙特別小的高高尖型的木屐，扶著牆壁一步一步慢慢地走進廚房，又慢慢地坐到飯桌前。

王宏自從有記憶以來，從未聽過父親親口叫一聲「阿母」。父親總是這樣說：「叫你阿嬤吃飯！」而不說：「阿母吃飯！」為什麼會這樣呢？他曾經好奇地問過父親，卻招來父親一陣怒罵：「幹你娘！令爸的事情，你小孩子問啥仔膌？」然後就氣沖沖地走出家門，好晚好晚以後才回來。他也問過母親，母親也說：「你阿爸的事，我哪知道？小孩子恬恬就好。愛亂問小心被你阿爸打。」

但是，王宏的疑問並沒有因為這樣就消逝了。

王宏望了望父親，又望了望祖母那雙小腳，又再一次好奇地問：「阿嬤，妳的腳怎麼那麼小？」

「小孩子，這麼囉嗦！阿嬤的事不要你管！」祖母說。

「妳不是說綁小腳會很痛嗎？走路也走不快，幹嘛妳現在還要綁呢？」阿宏鍥而不捨地望著祖母的小腳丫說。

「好啦好啦！小孩子問那麼多事做啥？惦惦吃飯。」金水不耐煩地喝斥著，面向屋外望著走進來的五兒阿勝說：「你去哪裡了？都過午了也不知要回來吃飯。」

「我去後山看書比較安靜，山上有很多樹木，很涼快。」阿勝說。

「阿義呢？」老祖母端起稀飯啜了一口，突然問阿和，「你三哥還在睡啊？去叫伊起來吃飯……」

「叫伊做啥？吃有比睡重要嗎？伊餓了自然會醒來，醒來自己就會吃飯。現在不要叫伊。」金水說。

飯桌上一大碗醬油煮的魚和小管，一盤剛從後面菜園裡拔採的高麗菜，一盤油鹽炒的花生。阿和阿勝有些拘謹地各挾了一條小管和魚，默默地喝著稀飯，阿宏卻不時站起來踮著腳尖挾著那盤放在老爸面前的花生，用筷子一次只能挾一粒，他顯得有點急，終於忍不住便捨了筷子用手去抓了一把花生。一直靜默地坐在灶前，時而望著丈夫孩子時而低著頭啜飲稀飯的金水嬸立刻喝止他，「阿宏，你阿爸喜歡吃花生，你偏愛跟伊搶。」

「這些菜都硬殼殼的，我怎麼吃啊？要蹧踏我這個老阿婆也不是這個樣子！」老祖母突然把筷子往桌上一拍，站起來生氣地對金水嬸，「把糖罐仔給我。」

「阿母……」金水嬸把手中的碗往爐灶上一放，神色惶惶地站起來，「魚妳可以吃啊，這些魚都是昨天才煮的。」她小心地向前跨步，拿起婆婆的筷子想要替她挾魚，老人卻不領情地猛地推開她，「不必妳假好心，我不會被妳餓死！」然後，親自從灶上抓起放了砂糖的罐子，倒了些砂糖在稀飯裡，又返身搶回金水嬸手中的竹筷子，顛著腳步走到睡覺的床板上坐下，獨自啜飲著拌糖的稀飯。

金水用筷子一粒一粒挾起花生往嘴裡塞，臉色陰陰沉沉的，一句話都沒說，好像這一切他都沒看見也沒聽到。孩子們都停了碗筷，神色怯怯地望著父親。只見屋裡的空氣好象突然凍結了，陰陰冷冷的在大白天裡顯得有點怪異。隔了好一會兒，他突然大喝一聲：

「吃飯！你娘哩，不吃飯憨憨地在做啥？」

阿宏望著母親，再也忍不住，「哇啊！」地哭了起來。阿和阿勝也都放下碗筷站起來，默默走回臥室。坐到書桌邊流淚。

「家裡又沒死人，哭什麼啊？幹你娘哩，哭衰的！」金水霍地站起來，突然把手中的碗筷用力一摔，地上立刻響起「卡啦！」一聲清脆的破碎聲。他跨著大步走出家門，嘟囔著：「幹伊老母哩，哭衰的！」

阿宏抽抽搐搐地挨到母親身邊，抬頭望見全身僵直地站在灶旁的母親蒼白的臉上，眼淚早已漣漣地流了下來。

媽祖廟的廟埕繼續傳來陣陣鼓聲，混夾著鑼鼓鈸和嗩吶的聲音，「嗚哇——親痛狂！嗚哇——親痛狂！」間歇中還夾雜著陣陣鞭炮的的聲音。

下午快兩點的時候，迎神遊街的隊伍終於出現了，由鑼鼓鐃鈸和嗩吶組成的樂隊前導，後面是一個高大的壯漢揹負著一支銀亮的大關刀，率領一隻高高昂舉的有如大鐵鍋那麼大的獅頭，獅頭臉上塗滿了紅黃藍綠黑的顏色，斑斕眩目，獅頭上裝綴著一排鈴鐺，獅頭一舞動就發出清脆的「玲玲瓏瓏」的聲音。獅頭後面是七八座神輿組成的隊伍，由本地度天宮的媽祖領頭，後面是各地請來的眾神。有幾個人跟在神輿旁邊齊聲吆喝：「神明來囉，放鞭炮迎神哦！」「神明來囉，放鞭炮迎神哦！」

金水嬸率領著四個兒子阿義、阿和、阿勝和阿宏，站在門前一字排開，雙手高舉香炷，虔誠恭敬地朝著迎神的隊伍拜了又拜，金水嬸還喃喃祝禱：「保佑金水和阿義出海平安滿載，阿和和阿勝讀書有成就，阿宏趕快長高長大，阿母能健康快樂活到百歲……」金水嬸祝禱著，眼淚卻忍不住潸潸地流了一臉。

「嗚哇——親痛狂！嗚哇——親痛狂！」迎神隊伍漸漸過去了。突然，哨吶的聲音停歇了，只剩下鼓聲鑼聲和鈸聲「親痛狂！親痛狂！」地響著，「要弄獅了，要弄獅了！」前面有人大聲吆喝著：「快放鞭炮！要弄獅了！」

「哇哇！要弄獅了！」阿宏興奮地叫嚷起來，「阿母，我要去看弄獅，我要去看弄獅！」他邊嚷嚷著邊向前奔去。

弄獅人高高舉起獅頭搖晃著，在村裡姓郭的大戶人家門前那棵大樹前深深拜了三拜，然後彎了左腿，右腿向前一掃，隨即又向空中躍起，落地後立刻以細碎的腳步奔向大樹，獅頭在樹幹周邊抖動著，好像獅子在細細親吻著樹幹一般，然後又退了兩步就地一滾，驀地站起來，左腳直立右腳橫舉在空中，四邊圍觀的人立即爆起一陣喝采聲：「好啊！」一片潮水般的掌聲也跟著響了起來。

「這個獅頭弄得實在精采！」

「是啊！今年弄獅的是誰呢？」

「不就是郭家那個剛結婚的少年阿文嗎？」

「對啦對啦，就是阿文啊！伊何時學了這身好功夫，怎麼都沒人知道？」

鑼鼓繼續響著，「親痛狂！親痛狂……」地上鋪滿了放過的鞭炮爆炸後餘留的紙屑。舞獅人身上的衣服都已經濕透了。迎神的隊伍朝媽祖廟的廟埕繼續行進，太陽也漸漸向西天偏斜。天上的雲彩和大海像一幅顏色炫麗的彩色潑墨畫，已被夕陽映照成一大片一大片淡淡的橘紅。一陣微涼的海風從沙灘吹來，天色已漸黃昏了。

今晚全村的漁船都沒出海，因為中秋夜晚的月光太亮了，魚不肯上網。所以，全村幾乎男男女女都要聚集到沙灘上搭建的戲台前看歌仔戲。金水嬸等婆婆孩子都吃完晚飯後，獨自把鍋盤碗筷全都洗乾淨了，又替阿宏洗澡換了衣

服，也帶著幾個孩子拿了一把長椅到戲台下。她一坐下就聽人們在議論，

「今年演什麼戲目啊？」

「聽說要演王寶釧苦守寒窯啦。」

「為什麼又演這種苦戲？」一個五十幾歲的女人說，「過節大家要歡歡喜喜啊，為什麼不演哪吒太子鬧東海？不然演孫悟空大鬧天宮也好嘛！」

「那，妳去演啊！」一個大約六十幾歲的男人對著那女人笑著說：「財嫂仔妳可以演天宮裡的王母娘娘。」

「哈，我演王母娘娘就把你這個孫齊天壓在我的五指山下。」那女的也笑著說。

突然，戲台上的鑼鼓「狂郎！狂郎！」地響了起來，接著一陣嗩吶的聲音也跟著「嗚——嗚——嗚——」地吹起來。

「要扮仙了，要扮仙了。」

戲台下立刻安靜了下去，金水嬸這時才發現，三個孩子不知何時已經跑得

無影無蹤了，只剩下阿宏睜大了眼睛望著戲台。

臉上裝著長長的假鬍，穿著古裝戲服的戲子一出現，阿宏立刻興奮地站起來拍手，朝金水嬸大聲嚷嚷，「出來了！出來了！阿母，妳看……」金水嬸笑著，拉了他一把，說：「惦惦看戲，不可以吵到別人！」

鑼鼓和嗩吶的聲音更急促地響起來，加上打擊竹板「答！答！答！」的聲音，配合著戲台上快動作的奔跳翻騰，「好啊！」戲台下跟著響起一片讚嘆的喝采聲。

此時，金水靜默地躺在泊在海中的舢舨上，他已經在那船上睡了好長的一場覺了。醒來時雖然覺得有點飢餓，但卻也不想下船回家吃晚飯。他內心有一股盤結在生命底層的永遠解不開的鬱卒、沮喪和悲傷。

「唉！為什麼會這樣呢？難道我不是伊生的兒子嗎？」他甚至連這樣的疑問都不敢想，因為一想起，他的內心就感到難忍的痛楚。

自從二十年前他突然患了一場不知什麼原因造成的大病，醫生都束手無策已宣布他無醫了。他躺在床上連續三天三夜叫著：「阿母，阿母」，但是，母親卻不知為何地厭惡他，甚至於連他的房間都不肯踏進一步，連一句安慰憐惜的話都不肯對他說一句。直到他已經昏迷了，已經被家人抬到大廳宣告死亡，準備為他辦後事了，他還喃喃地唸著：「阿母，阿母！」即便如此，他的母親竟然心如鐵石般連靠近他一下下都不曾。

「難道是因為弟弟嗎？」這麼長久以來他有時想起，實在也只能這樣解釋了。

他父母就只生他兩個兄弟，雖然從小他就感受到母親對弟弟的疼愛與對他的冷漠。但他自來神經就特別粗大憨直，何況弟弟確實也聰明又會讀書，年紀輕輕就會在村裡教人家讀漢字、替人家讀信寫信，大家都稱弟弟：「信田老師」，他也因為這樣而感到十分光榮。所以，對於母親明顯地偏愛弟弟他也不以為意。長大結婚後，弟弟搬離八斗子到基隆市街去做生意了，他留在八斗子和父親一起捕魚養家。每次捕了魚回來，父親總要把價錢較好較大的魚交給他媳婦拿到街上賣，留給自己吃的都是沒什麼價錢的小魚。但母親總是把原本要拿去賣的魚搶了去，老遠巴巴地送去給遠在基隆街市的小兒子。金水的父親是少有好脾氣的人，竟也好多次忍不住把魚從母親手上搶回來，氣沖沖地怒責她，「信田伊那一家比較富有，根本不需要妳照顧，金水這一家孩子又多，我們又吃伊住伊，只靠捕魚養家都快養不活了，妳卻偏偏不照顧。妳的心到底是什麼做的啊？妳娘哩，不講妳，還當我是死人嗎？」

但是母親對他的冷漠至於到不顧他的死活，難道只是因為偏愛弟弟而已嗎？這也是他不能完全相信的。

而就在他快要臨終的那一刻，他的父親卻突然不知所以地病倒了，而且病得很重，病得只過了三天就過世了。而他，金水，卻突然地好了，沒有吃任何藥打任何針就痊癒了。大家都說，他的父親是替他死的，而他自己也這樣深信著。但是，父親為何願意替他死呢？而為何他的母親卻反而能夠忍心地棄他至於不屑一顧呢？他至今無法明白。而自那時開始，至今，他也從未再叫一聲

「阿母」。

金水坐起身來，雙手環抱著拱起的雙腿，把臉埋在膝蓋上。他回想著自己平凡的、貧窮的這一生，想起自己的父親和母親，眼淚早已濕穿了膝蓋上的褲管。

戲散了，戲台下的人群也散了。海灘又恢復了往常夜間的那份似乎無限廣垠的寂寞和寧靜，但無限寂寞中似乎又有一份小小的不安與騷動，輕輕的微細的浪聲在響著，「嘩——啊啦！——嘩——啊啦！」

金水踏著寂寞的清冷的月光，靜悄悄地走進家門，又踮著腳尖靜悄悄地在黑暗中摸進臥室。

「唉！」他突然聽見金水嬸輕輕地嘆息，「你回來了！」

「嗯！」他在她身邊躺下，無言地望著屋頂透出銀亮的月光的天窗。

「郭家那個新娶的媳婦，據說傍晚的時候吊死了。」金水嬸幽幽地說。

「真的？為什麼呢？」

疚。

「誰知道呢？唉！」金水嬸嘆了一口氣，說：「也許活著太痛苦了吧？」

金水微微翻了一個身，摸了摸金水嬸的身體，突然對她感到一種無言的內

八斗國民小學

第二天，八斗子漁村本來因為中秋節而喧騰起來的節慶的熱潮，卻因為郭家媳婦上吊死了而蒙上一種怪異陰森淒冷的氣氛，天氣也驟然地陰冷了起來。上午十點多，村裡的女人忙完家事一個段落後，都會習慣地聚集在大樹下閒話家常。今天大家的話題都很自然地集中在郭家媳婦身上。

「不是剛結婚嗎？新婚的人為何想不開呢？」

「是啊，少年冬冬的，為什麼會這樣呢？」

據說連她新婚的夫婿郭阿文也只能雙手掩臉痛苦地搖頭呻吟，「我也不知啊！」

金水嬸昨晚在戲台下聽見這個消息簡直不敢相信。因為前天下午當她挑了雜貨擔仔到郭家時，那個新媳婦還笑吟吟地與她招呼，並向她買了一支口紅和一盒最新出品的面霜，怎麼才隔了一天就無緣無由地自殺了呢？金水嬸昨晚一整夜都懷著這樣難解的疑問，和一種不知所以的同病相憐的心情而幾乎徹夜失眠了。

阿宏挨靠在母親身邊，聽著圍坐在大樹下的阿婆阿姨及姑姑姊姊們的談話，突然大聲說：「我有看過那個新娘阿姨，伊好好，好漂亮哦！伊為什麼要自殺呢？」

「伊為什麼要自殺？就是沒人知道啊！」金水嬸嘆了一口氣，說：「伊一定覺得活著太痛苦了吧？」

「那，自殺以後會怎樣呢？」

「人自殺以後就死了。」

「死了以後會怎樣呢？」

「人死了以後就不見了，你再也見不到伊了。」金水嬸說，但又覺得自己說不太清楚，也許孩子聽不懂，便又加了一句，「人死了以後就回到土地裡，和土地混合在一起了。」

「那和魚娃娃被推回魚媽媽肚子裡一樣嗎？就融化掉了是不是？」王宏突然想起母親講過的故事，便似懂非懂地問著母親。

「是啦，就是那樣了。」金水嬸推了他一下說，「小孩子這麼愛問，以後去讀書，問老師就知道了。」

「金水嫂仔，妳這個兒子好聰明，會問這許多問題。」住對面的再傳嬸笑著說，「伊嫁來八斗子以後，聽說一直沒出過伊郭家的大門，連我都沒見過伊，阿宏，你怎麼能看到呢？是你作夢見到的嗎？」

「才不是。」阿宏大聲說，「前幾天我和妳家阿西伊們在郭家大樹底下玩踢銅罐子，我跑到伊家裡躲藏時就看到了嘛，伊一直望著鏡子笑哩。一看到我，就對我說，你來了，我嚇了一跳，想要趕快跑走，伊卻捉住我的手，拿餅乾給我吃。」

「伊很漂亮嗎？」

「是啊，伊好好，好漂亮。」

「我知道伊為什麼自殺。」突然，雜貨店的老闆娘罔市阿姨邊剝著碗豆邊說。

「妳怎麼會知道？」大家幾乎是動作齊一地抬頭望著罔市，也幾乎是異口同聲地問。

罔市放下菜籃子，望著大家壓低了聲音說：「我的娘家在九份和伊同一條街。前些時，我的外甥女來我家，說伊以前有一個男朋友，已經很要好了，因為父母反對沒在一起才嫁給伊郭阿文。」

「那，妳的意思……？」

「阿宏，你自己去玩，不要整天黏著阿母嘛，」金水嬸突然站起來，拉了阿宏的手走開了，「自己好好玩，不要去玩水哦！」

「那，我要去學校。」阿宏說，便跳著跑著往八斗國小去了。

八斗國民小學在日本統治的一九〇七年就存在了。因為日本人在八斗子蓋了一個發電廠，電廠的工程師都是日本人，為了這些日本人的小孩才在八斗子蓋了這個小學。走進小學的大門右邊就是操場，左邊有塊空地是學生們玩躲避球的地方，過了操場是一大片平整的台地，右邊有兩棵粗壯高大的榕樹，榕樹下有一排木造的日式黑色房屋，是一、二年級的教室。台地的中央也有一棵大榕樹，旁邊有一道階梯，階梯上面是水泥造的建築，和一、二年級的日式教室形成直角。老師的辦公室在左邊，右邊是三四級的教室。再往右邊是一排廁所。廁所和三四年級教室中間又有一道階梯，階梯的右邊是五六年級學生種菜的梯田式的菜園。那時種菜是五六年級生的課外活動。階梯上去又是一排木造的日式建築，是五六年級的教室。辦公室的左邊也有一道階梯可以通到五六年級的教室。這個階梯的左邊又是一棟木造的日式建築，一半是校長的宿舍，另一半則是單身的外省老師們的宿舍。宿舍前面也種了兩棵較小的榕樹。

學校在中秋前不久就已經開學了。阿宏早已不止一次獨自來過學校。每次他都會到一年級教室門口向裡面探望。跟他同年齡的阿呆、黑龍、阿圳、阿海都坐在教室裡，他就跟他們打手勢，要他們出來玩，直到老師發現了出來趕他走，他才悻悻地、鬱鬱地、非常不情願地走開。有時他也會跑去四年級的教室門口張望，因為他的五哥阿勝就坐在教室的最前排。有一次，老師還問：「那是誰的弟弟呢？」阿勝便紅著臉帶著怒氣出來驅趕他，「你回去啦，我要告訴阿爸。」他其實很希望能和阿呆他們一起來上學，為什麼阿母不准呢？他這樣想著，內心裡不禁感到十二萬分的委屈和不平。

「我要讀書！我要上學！」他突然憤怒起來，大聲喊著，發狂似地如飛一般奔向家裡。

「校長，歹勢啦！我這個兒子，一直哭一直鬧，說要來讀書。」金水嬸握住剃了光頭的阿宏的手，站在學校辦公室裡不斷向那個身材高大的、頭頂微禿的校長鞠躬，「這個孩子，這個孩了，我跟伊講，明年再來念，他就不肯。一直哭啊鬧啊，我沒辦法！拜託你啦校長……」

「學校已經開學了呀。」校長說。

「我知道，」金水嬸左手牽著阿宏，右手一直擦著衣裙，拘謹地、有點不知如何是好地、期期艾艾地說：「但是伊，伊一直鬧啊，還自己跑去剃頭店把頭剃光了。你看，這個孩子，這個孩子……」

「小朋友，你今年幾歲了？」校長微彎了腰，笑笑地問王宏：「五歲，還是六歲？」

「我七歲！阿呆也七歲，為什麼伊們都來念，我……」阿宏突然又傷心委屈起來，把頭緊倚向母親，眼眶一紅，竟抽抽搭搭地哭了。

「沒關係，沒關係，不要哭。」校長說，「你要念就讓你念吧！」

「劉主任，你就跟一年級的許老師說吧，這個孩子到她那一班，」校長向辦公室一位老師說：「給他課本，現在就讓他去教室。」

「啊，真多謝，真多謝！」金水嬸不停地向校長鞠躬，又命令阿宏，「向校長敬禮多謝校長，要聽老師的話，要守規矩哦，」然後又向校長說：「這孩子長的小，在家裡又是最小的孩子，如果不聽話，你就打，沒關係……」

就這樣，阿宏進入八斗國小成為學生了。

八斗國民小學從一年級到六年級，每年級都有兩班。王宏被編入一年級愛班。級任老師叫許美英，是個大陸來的漂亮的「外省婆仔」，頭髮烏亮秀長，每天都穿著高跟鞋和旗袍，在偏僻貧窮的八斗子漁村顯得非常異樣和突出，難怪村裡的女人在背後常喜歡對她指指點點。年輕未婚的女孩還流行著學她的樣子，把前面的短髮披在額頭上成為「瀏海」。已婚的女人則又羨慕又嫉妒地說她妖媚像「狐狸精」。一年級的學生在背後叫她「阿ㄋ」，因為她的屁股翹翹的像注音符號的「ㄋ」。她在王宏班上教國語、算術和唱遊。王宏個子最小，又是新來的，所以被排在第一號。

王宏的個子雖然小，但是不論國語和算術，卻都學得最快最好，所以許老師常常叫他站起來帶頭朗讀國語課本，他讀一句，同學就跟著讀一句：「我是中國人，你是中國人，他也是中國人，我們都是中國人。」「一二三，到台灣，台灣有個阿里山。阿里山，種神木，我們明年回大陸。」上算術課時，許老師也常叫他在黑板前演算給同學看。

許老師雖然常誇獎王宏聰明、功課好，但是王宏卻不喜歡這個許老師。一方面是因為他上課時太不安靜了，不是跟旁邊的阿呆講話，就是轉身跟後座的阿海嘀嘀咕咕，所以常常被罰站。另一方面是因為許老師會打人。

「剛才在走廊，是哪一個人喊的？」有一天，許老師走進教室，扳著臉孔問。同學們低著頭，靜悄悄的，沒人吭聲。

「怎麼？都是啞吧啊？剛才叫那麼大聲，怎麼現在都變成啞吧了？」許老師把竹鞭子往講桌上猛力一拍，指著班長說：「黃志雄，你說，剛才是誰喊的？」

「喊什麼？我沒聽見。」黃志雄方方的臉，眼睛細細長長的，一眨一眨，怯怯地說。

「喊阿ㄋ來了啊，是哪一個喊的？我在走廊那邊都聽到了，你怎麼會沒聽到？想騙老師嗎？」許老師手上竹鞭子在黃志雄頭上點了點，說：「你是班長，還說沒聽到？老師都聽到了，你怎麼會沒聽到？嗯？那一定就是你喊的了，是不是？」

「沒啦！又不是我喊的，我真的沒聽到嘛！」黃志雄低聲辯解著。

「那，我問你，有人喊『阿ㄋ來了』，『阿ㄋ』是什麼意思？」

「我，我……」黃志雄漲紅了臉，為難地、吞吞吐吐地說：「我，我不知道！」

「你不知道？可惡！」許老師突然一鞭子抽在黃志雄身上，黃志雄「啊！」地叫了一聲，立刻又忍住痛，不敢叫出聲來。

「人家真的不知道嘛！」

「還說你不知道？你再說……」許老師又舉起鞭子，恫嚇地說。

「那是男生給老師取的綽號啦！」突然一位女生說。

「給老師取綽號？好啊！」許老師轉身向那女生說，「秦美慧，那妳說，『阿ㄋ』是什麼意思？」

「阿ㄋ，阿ㄋ……」秦美慧紅著臉，忸忸怩怩地，低聲說：「因為老師的屁股……男生都說，老師的屁股，翹翹的……」

「好，好！」許老師氣得臉都白了，站到講台恨恨地說：「男生通通站起來，把手伸出來！」

那一天，從班長黃志雄開始，每一個男生都被許老師狠狠地抽了一鞭子。輪到王宏時，他閉了眼睛咬著牙，只聽到「劈呀！」的一聲，手掌心立刻感到一陣痛入心扉的燒灼的痛楚。他忍不住「啊！」地叫了起來，強忍住眼淚，不禁對許老師感到非常非常地憤恨起來。

還有一次在升旗典禮時，當值日老師在升旗台上喊「向前看——齊！」時，他不但沒有把雙手向前伸直，還不停地跟旁邊的同學講話。

「手臂伸直，不要講話！」許老師呵叱著從後面走來。站在後面的張通海壓低了聲音警告他說：「阿宏，老師來了！」但當他閉緊嘴巴兩臂伸直時，許老師的拳頭已經狠狠地打到他頭上了。他忍不住「嗳喲！」一聲大叫，同時也反射性地雙手摀頭，右腳猛地向許老師踹去。他其實只是本能地反抗，並不知道他已經犯了大錯。

「嗳喲！」許老師驚叫一聲，立刻雙手左右開弓「劈拍劈拍」地打著王宏的臉，王宏一邊哭一邊向許老師也拳打腳踢起來。

「你造反了？造反了？竟敢打老師！」許老師向後退了兩步，避開王宏的拳腳，立刻大聲嚷叫起來。綽號叫雷公的訓導主任陳明光老師突然出現在許老師身邊抓住王宏的雙手，把他攔腰一抱大聲說：「你敢打老師？太壞了！太壞了！」王宏大聲哭叫：「幹你老母，你們大人打小孩！我幹你老母！」他雙手在空中亂抓，雙腳也在空中亂踢。

陳老師把王宏抱進辦公室，往地上一放，大聲呵叱：「你好大膽，小小年紀還要幹人老母？你看老師的衣服都被你扯破了，這還得了啊？你這個壞學生，綁起來，綁起來，綁起來！」

王宏突然覺得天昏地暗起來，過了好一會兒，只聽見四周鬧哄哄的，但卻聽不清楚。等他意識過來時，才發現不知何時已被母親抱在懷裡，耳邊還響起母親急切的叫聲：「阿宏，阿宏……」父親卻不停地向校長和老師彎腰鞠躬，雙手還不停地在褲管上搓著。

「對不起啦，這個孩子實在太不受教了，我這個做老爸的實在見笑……」

原來他被陳老師一個巴掌打昏了過去，校長才叫人把他父母找了來。

回到家裡，他又被父親用竹板狠狠抽打了一頓，還被罰站不准吃飯。

「幹妳娘哩，這個孩子都是被妳慣壞的，平時不好好教示，去學校害我削體削面。」父親對母親咆哮著，「不要讀了，不要讀了，令爸這一世人沒讀書還不是這樣過日子。讀書有什麼稀罕？做老師就高人一等了，還要令爸去跟伊敬禮賠不對，伊娘哩，孩子被伊打成這樣，還要跟伊說對不起，我幹破伊娘哩……」

阿宏抽抽搭搭「恩——啊——，恩——啊，」地哭著。母親站在旁邊，流著眼淚也不停地叨念：「你這個孩子，為什麼這樣不聽話？以後再不聽話，被打死了，阿母也不管你了！你就成為沒人要的小孩子……」

從此，阿宏就不喜歡去學校上課了，常常逃學，山上海邊到處遊蕩。當時鄉下學校的孩子常常也要在家幫著做事，所以不去上課老師也習以為常。王宏雖然常常逃學，但功課還是很好，每次考試仍然不是第一就是第二。直到有一次，大約是個夏天的午後，他又和阿海、阿呆、阿圳、黑龍幾個死黨相約逃課去海邊游泳。他們把衣服脫了放在沙灘上，光裸著身體跳進海裡，分成兩組在打水仗，由比較大的阿海和黑龍當馬，王宏和阿呆分別騎在他們肩膀上當騎士，阿圳則在旁邊作裁判。當他們正在快樂地忘我地拚命廝殺時，陳明光老師卻悄悄地、無聲無息地出現在沙灘上，把他們放在沙灘上的衣服通通拿走了。

「上來，爬上來，」陳老師雷公似的聲音大聲喊著：「通通給我上來！」五個小孩嚇白了臉，一一從水裡冒出來，雙手摀住下體，畏畏縮縮地上了沙岸。

「把衣服穿好，跟老師回學校。」陳老師把衣服扔給他們。

他們拎起衣服來不及穿，就立刻跑得遠遠的，才一面望著陳老師，一面匆匆忙忙把衣服穿上。

「還敢跑嗎？把雙手放在頭上，走！」陳老師打雷似地喝令著：「跟老師回學校去！」

五個小傢伙就這樣像囚犯一般被押回學校。校長還把他們的家長都找了來。

「夭壽，我們都以為孩子去學校上課了，怎麼知道這些孩子這麼壞，還敢逃課去玩水。」家長們都又生氣又羞恥地狠狠地罵著孩子給老師聽，有的還當場就劈劈拍拍把孩子打了一頓。

金水嬸也忍不住打了阿宏的屁股，流著眼淚叨念他：「讓你阿爸知道了，一定又會被綁起來打一頓。你為什麼這樣不聽話呢？不好好念書，將來怎麼辦呢？要跟你阿爸一樣，一世人都當青冥牛，一輩子討海，在社會上不能出脫嗎？你怎麼這麼不會想呢？阿母愛你讀書，吃再多苦都心甘情願呀，但你自己卻不會想，你叫阿母怎麼辦呢？」

「阿母，妳不要哭嘛，阿宏以後會聽話，會念書了，妳不要哭嘛！」王宏抱住母親卻「嗚嗚嗚」地哭了起來。

過了好幾天以後某一個傍晚，太陽還沒有完全下山，校園裡只剩下幾個學生還在操場呼喊奔跳。王宏則獨自仰躺在教室門外那棵大榕樹的粗壯的樹根上，仰望著藍天一大片一大片白的灰的淺藍色的雲，在空中浮漂著，還有幾隻飛鳥偶爾掠過低低的天空。

「王宏，你躺在那裡做什麼？趕快回家啊，」陳明光老師從辦公室走出來，還特地走到他旁邊好意地說，「天快暗了，趕快回去吧！」

「好，」王宏一骨碌從樹根上躍起來，隨手把書包繫在腰上，大聲喊著：「老師再見！」

「再見！回家好好做功課哦！」陳老師叮嚀著。

王宏慢步走過操場，還沒走出校門，突然聽見陳老師的太太站在宿舍的台階大聲嚷嚷著：「我曬在外面的衣服怎麼不見了？誰偷走了？誰偷了我家的衣服呢？」

王宏突然快速跑出校門，臉上笑著，心裡感到一陣混合著從未有過的快感和緊張，使他忍不住想大聲叫起來：「好高興哦！好高興哦！」

第二天清晨一大早，陳師母在她家門前的台階上看到一包衣服，正是她昨天曬在屋外被偷走的那些衣服。

黃錦川老師

王宏長期在學校裡所表現的頑劣的反抗的行為到了三年級終於有了一些改變。因為那個翹屁股的「阿ㄋ」老師調走了。三年愛班的級任老師換了一位新的男的「外省仔」老師黃錦川，高高瘦瘦的，臉上有點乾黃乾黃，還滿臉長著細細的疙瘩，嘴唇有點厚有點寬，同學們立刻給他取了個綽號叫「麻仔臉」。但上課的第一天，王宏就被這位「麻仔臉」的「外省仔」老師給吸引住了。因為他很會講故事，說笑話。他一進教室，看到大家鬧哄哄的，就大聲說，要說個笑話給大家聽。這一招果然有效，教室裡立刻鴉雀無聲。他說：

「從前，有一天，人的屁股在閻羅王面前控訴說，我在人身上是最安分守己的，可是人的手打了人，人的腳踢了人，人的口罵了人，一旦被官府逮住了，官府打的總是我這個屁股。如此不公正，究竟是什麼道理？各位同學，你們也替屁股想一想好不好？這是不是很不公平呢？這是什麼道理呢？」

「是啊，很不公平，但是，是什麼道理呢？」王宏有點急地大聲說：「老師你快說嘛。」

「嘿嘿，你很性急哦，你叫什麼名字？」黃老師翻開點名簿笑笑地說：「你叫王宏，哈！聽說你很頑皮是不是？」

「沒啦。」王宏紅著臉不好意思地說。

黃老師在講台走了幾步，才慢條斯理地繼續說：「閻羅王想了想，才對屁股說，人的手能拿東西，人的腳可以走路，人的嘴巴可以講話，都有他們的用處，但是，你呢？你這個屁股，什麼用處都沒有啊，卻在人身上長得又白又大又肥胖，這樣不用心又什麼事都不做，怎麼能不打你呢？各位同學，你們說對不對？」

「哈哈哈！」「哈哈哈！」同學們立刻哄堂大笑，並紛紛指著別人說：「你是屁股，你是屁股。」

「好！各位同學，如果不想做屁股，就要規規矩矩地上課，好好用功讀書，」黃老師笑著說：「如果哪一位同學不規矩、不用功，我們就叫他屁股，好不好？」

「好啊、好啊！」

「哈哈！屁股！屁股！」

黃錦川老師就是有這種本領，讓王宏這樣聰明、頑劣、叛逆的小孩立刻被收服了。黃老師還說過一個「一根蔥」故事，讓王宏畢生難忘。

「據傳說，我們每個人出生時都有一個土地公陪著我們。我們雖然看不見土地公，但土地公卻時時刻刻看見我們。土地公手中有一本生死簿，我們做過的每一件事，說過的每一句話，土地公都會記在生死簿上。有一天，當我們死的時候，閻羅王就根據土地公記錄的這本生死簿跟我們算總帳。好人就進天堂，壞人就要下地獄。

「有一天，當佛祖在天堂的蓮花池邊觀賞蓮花時，突然聽見地獄傳來一種非常悽厲的、充滿恐怖、痛苦、無助，好像是受盡折磨的被凌遲絞殺時的野獸發出的聲音。這已經不是佛祖第一次聽到，他好多次在蓮花池邊賞花時都會聽見。每次聽見這個悽慘、痛苦的聲音，佛祖就會問土地公：『這個痛苦的靈魂難道在人世間沒有做過任何好事嗎？』土地公每次都回答說：『沒有。』這次，佛祖忍不住又再一次跟土地公說：『你在他的生死簿上再仔細找找看，這聲音實在太痛苦了。』土地公把那人的生死簿又從頭到尾仔細翻查了一遍，終於，土地公大叫一聲：『有了！在生死簿的夾縫中有一條，他曾經在市場施捨一根蔥給一個老乞婆。』佛祖聽了，立刻鬆了一口氣，笑著說：『那就用這根蔥救他脫離地獄的折磨吧。』佛祖在手掌上吹了一口氣，立刻有根蔥從佛祖手上伸向非常非常遙遠的地獄。

「地獄裡有許許多多在人世間做盡壞事的惡鬼魂，有的被釘在火山上燒、有的被丟進油鍋裡煮、有的被倒掛在石磨中絞……各種各類的刑罰，讓這些惡鬼發出痛苦悽厲的慘叫聲。這時，正在受折磨的那個惡鬼突然聽到佛祖對他說：『這根蔥是你的，你要好好抓住，要像你當時施捨時那樣，心存慈悲。』那個惡鬼欣喜如狂，立刻緊緊抓住那根蔥，佛祖在天堂慢慢地把那跟蔥往上提、往上提……其他的惡鬼看到了，也立刻衝上去想抓住蔥，但已來不及了，只好抓住那個惡鬼的腳。於是，第二個、第三個、第四個……一個接一個，成為長長的一串。那個生前施捨過一根蔥給老乞婆的惡鬼往下一望，『噯呀，我的媽！』他忍不住叫了起來，擔心地想，這根小小的蔥怎麼禁得起這麼多人的重量？萬一這根蔥斷了，我豈不是又要掉入地獄了嗎？他這樣想著，立刻焦急起來，便用腳踢著下面的惡鬼。但是，當他用力一踢時，那根蔥禁不住就真的斷掉了。那一長串的惡鬼忍不住齊聲慘叫：『啊——』全部又都掉入了地獄。

「佛祖看了這景象，不禁搖頭嘆息：『唉！』」

黃老師說完故事後，靜默地望著大家。教室裡一片寂靜，好像被黃老師最後那一聲長長的「唉！」的嘆息聲給感染了。

王宏怔怔地望著黃老師，心裡似懂非懂，但卻又似有所悟地感到一種從未有過的震撼和感動。這種情緒使他久久說不出話來。

隔了好一會兒，同學們才幾乎不約而同地發出一片喝采聲，「好好聽哦！」「老師，你好會說故事哦！」

黃錦川老師會彈風琴，也會拉胡琴，又很愛唱歌。據說他以前在軍中是負責文康活動的輔導官，常常要到各地唱歌演話劇勞軍。所以他也教三年級的唱遊。他教學生唱的第一首歌是〈長城謠〉。他把歌詞寫在黑板上，「老師念一句，大家要跟著念一句。」他說。

「萬里長城，萬里長，念！」

「萬里長城，萬里長！」同學們齊聲大聲唸著。

「長城外面，是故鄉，念！」

「長城外面，是故鄉！」

「老師，等一下，我有問題可不可以問？」王宏舉手站起來，「萬里長城在哪裡啊？是歌仔戲裡孟姜女哭倒萬里長城的那個嗎？」

「是啊，在中國的北邊，在黃土高原上，是秦始皇統一中國時為了保護中原，防範北方的匈奴入侵才建造的。」黃錦川老師說。

「那已經好幾千年了，不是給孟姜女哭倒了嗎？現在還有嗎？」王宏把從歌仔戲看到、聽到的故事拿來問黃老師。

「孟姜女的故事都只是民間傳說啦，那恐怕不是真的歷史。」黃老師說：「萬里長城很長很長，有一萬公里，台灣從北到南才不過三百多公里，可見萬里長城是很長的。是台灣的三十倍長。」

「哇，好了不起哦！」王宏讚嘆地說。

「現在，老師先唱一遍給你們聽。」他坐到風琴前，先彈了一下，然後微仰著頭，「萬里長城，萬——里長——。長城外面是故——鄉——」他張大了嘴巴，一面彈著風琴，一面微仰著頭望向前方，顯出一種沉溺的、懷想的、深思的神情，好像在那遙遠遙遠的地方有著他不可切割的無限牽絆的回憶和期待。好像廟宇裡坐在神座上的神明的那種寧靜地專注地望著遠方的神情。王宏痴痴地看著老師，被他那樣的神情深深吸引著。直到黃老師唱完歌，同學們紛紛鼓掌時他才回過神來。

「老師，老師，你的故鄉在長城那邊嗎？」王宏忍不住又站起來發問。

「不是，老師的老家在福州。」

「但是，為什麼你唱起歌來，好像長城就是你的故鄉呢？」

「那也差不多啊。」黃老師嘆了一口氣說：「隔著大海，在台灣這邊想要回福州，和想去萬里長城都一樣遙遠，都一樣不可能到達呀。」

這樣的談話對當時的王宏來講，並不能完全理解其深義。但他就是喜歡這個「外省」的黃錦川老師。尤其，當他在課堂上朗誦朱自清的〈背影〉、徐志摩的〈再別康橋〉時，王宏雖然也只是一知半解，但是黃老師在朗誦時的神情卻深深吸引著他。他喜歡黃老師那種專注的，深情的，似乎沉溺在某種美麗的情境中的那種神情，使他產生一種沉靜的開闊的似有所悟的心境。

王宏生命中的靈魂之窗似乎就這樣悄悄地被開啟了。

這一年，三年愛班從外地轉來了一位「外省囝仔」陳明峰，父親是發電廠的副廠長。他的座位在王宏旁邊。王宏一號，他二號。所以，兩個人立刻就成為好朋友了。王宏因此常常去陳明峰家玩耍。

陳明峰的家是發電廠宿舍區最好的房子。日式的房屋，明亮寬敞，還有一個很大的花園庭院。王宏第一次去他家時，心裡有點心虛膽怯。因為這樣的環境太像傳說中神仙住的地方了。

「哇！你家好漂亮哦！」他說。

「進來啊，進來裡面，沒關係啦！」陳明峰熱情地邀請，王宏內心卻禁不住猶疑。

「我可以進去嗎？你的爸爸媽媽不會罵嗎？」

「不會啦！你是我的朋友啊，我媽媽怎麼會罵你呢？」陳明峰拉著他的手進了玄關，邊脫鞋邊叫他，「進來啊！」

「不行，我的腳髒，」王宏紅著臉，羞赧地說。他平時打赤腳習慣了，只有晚上要睡覺時才洗腳穿上木屐。

這時屋裡面走出一個有點肥胖的女人，白白淨淨的，旁邊還有兩個女生是陳明峰的妹妹。一個讀二年級，王宏曾在學校見過。

「媽，我帶同學來我們家玩。」陳明峰說，「他叫王宏，跟我同班。」

「哦！」陳媽媽望了王宏一眼，點了點頭，「帶他去後門廚房把腳洗乾淨再進來，不要把地板弄髒了。」

王宏不禁又紅了臉，心裡感到羞恥和不安，「我不要進去了。」他說。

「洗了腳就進來，沒關係。」陳媽媽友善地說。

但是，王宏站在玄關外面的台階上，堅持不進去。「我站在這裡就好了。」他說。

「好吧，那我帶你去圖書館，那裡有很多故事書。」陳明峰穿了鞋子，拉著王宏的手走向不遠的一個斜坡。

發電廠的宿舍區很大，用紅磚圍牆圍繞著，和八斗子漁村隔開了。宿舍區的水泥道路兩旁都種了樹。每一棟日本式的宿舍都有一個小小的庭院，也都有花有樹。走上那個斜坡是一幢長型的日本式房屋，一進門是榻榻米的大客廳。站在客廳前的玄關台階上可以看見客廳左邊圖書館的一面牆都是書架，上面放滿了書。客廳的右邊是兩排房間，中間有一條長長的弄道。

「這就是單身宿舍，」陳明峰在玄關脫了鞋說，「上來吧！」

「我可以進去嗎？」王宏望了望自己的腳怯怯的問。

一個年輕女人悄悄從右邊的弄道走過來，「咦，你不是金水嬸家的阿宏嗎？怎麼會來這裡？」她笑笑地問王宏。

原來是村裡與他同班的阿圳的姊姊，他和阿圳都叫她阿桃姊。阿圳說過他姊姊在發電廠當工友，做一些倒茶掃地的事。

「我可以上去嗎？」王宏一見到熟識的人，心裡一喜，膽子也壯了些，不再那麼心虛了。但望著自己的腳，仍然有點不安地說「我……」

「沒關係，用這抹布把腳擦乾淨就好了。」阿桃隨手把手上的濕抹布遞給王宏，王宏用布猛力把腳底腳背都擦了幾下，紅著臉把布遞返阿桃。

「這樣，我就可以上去了嗎？」他問阿桃。

「王宏，快進來啊！」陳明峰已在圖書館裡大聲叫他。

「上來沒關係，但是不能大聲講話哦。」阿桃笑笑地叮嚀他。

他有點興奮，也有點心虛地躡著腳走進圖書館。圖書館入口的左邊有一張桌子，後面坐了一位年輕的女管理員。管理員後面是一排光亮的玻璃窗。圖書館入口的正對面和右邊的牆壁都擺著長長的高大的書架，上面放滿了圖書。圖書館的中央擺著沙發和茶几。

「小朋友，你是我們發電廠員工的孩子嗎？」那個管理員望著王宏問：「你爸爸叫什麼名字？」

「李小姐，他是我們八斗子漁村的小孩啦，不是發電廠的孩子。」阿桃走過來向管理員求情地說，「讓他進去，沒關係啦！」

「王宏是我的朋友，他可以進來的，沒關係啦！」陳明峰拉住王宏的手說，「進來，進來。」

「你是誰啊？我很面熟，但不記得你是誰的兒子。」管理員說。

「我爸爸是副廠長。」陳明峰說，「我爸爸說我可以帶同學來。」

「啊！是副廠長的公子嗎？可以，可以，沒關係。」管理員立刻笑著臉熱情地說，「這裡的書隨便你看，但是不能講話太大聲哦，這是規定。」

瘦小的王宏站在書架前，還不及書架的一半高。他跟在陳明峰旁邊，仰著頭望過來又望過去，從來沒看過這麼多的書。大部分的書他連書名都叫不出來，但心裡卻很好奇很興奮。

「這都是大人的書，我們不要看。」陳明峰拉著他的手走到窗下一整排比較低的書架前，跪在地板上從書架上抽出幾本書來，說：「這才是我們的書。」

「伊索寓言，天方夜譚，中國童話，日本童話……」王宏翻著那幾本書，每本書都有注音符號，所以他都唸得出來，他又轉身在書架上把每一本書都抽出來唸它的書名。

「你可以每天坐在這裡看這些書。」陳明峰說。

「真的嗎？每天可以來嗎？」王宏學著陳明峰的樣子坐在地板上，開始讀手上的《天方夜譚》。裡面的故事太吸引他了。他專注地興奮地讀著：「……國王發現王后對他的愛情不忠，背叛他。國王感到羞恥，痛苦。因此他決心報復，下令每晚送一個女人來陪他，天亮了就把那女人處死……」

他讀著讀著，不知過了多久，才突然發現陳明峰已經不在了。他不禁有點心慌，叫了一聲「陳明峰」。管理員回頭笑著說：「你好專心哦，你的同學已經出去好久了。」

「我……」

「沒關係，你可以繼續在這裡看書，」管理員說：「明天再來也可以。」

那時國民小學都是兩班制，一班讀上午，另一班就讀下午。所以每天有半天不必到學校。王宏自那次以後，果真在沒有課的下午都跑去發電廠的圖書館。他好像一個尋寶的孩子突然在圖書館裡找到寶藏一般。有一天，他在一本日本童話故事書《河童》裡，意外讀到他母親好幾年前講給他聽的那個「魚媽媽生魚娃娃」的故事，他好興奮哦！回家就跟他母親咿咿哦哦地講了半天。

「阿母，妳講妳不識字，怎麼會知道那個故事呢？」

「是阿母聽你外公講的啦，」金水嬸說，「你外公會讀日本書啊！」

他也在一本印度童話書裡發現了黃錦川老師所講的關於「一根蔥」的故事。

「哈哈！原來在這圖書館裡面，什麼都有啊。」他本來矇矓的灰黯的生命之窗突然被打開了，從那裡透出一些亮光，漸漸把他的眼睛照亮了，使他看到一些光彩和顏色。就像他家那個漆黑的臥房，因為屋頂那個小小的天窗的亮光，才能照亮屋中的景物。又好像許多年前的某一個清晨，他站在海邊眺望海平面時，第一次看見那耀眼的橘紅色的光彩奪目的太陽自水面下浮起曜升，把天邊和大海都映照得無比絢爛美麗壯觀的景象，令他興奮得有點神昏目眩，但又覺得好像喝著甘美的溪泉，充實豐富甜美。

父親與母親

但是四年級時，黃錦川老師卻調走了，來了一位新的姜老師，矮矮胖胖的戴著一副近視眼鏡。上起課來實在枯燥無趣。因此王宏又常常跟旁邊的同學吱喳喳地講話，也常常被姜老師罰站，甚至打手心、打屁股。於是，他又常常逃學不去上課了。而也是這一年，陳明峰也轉學到基隆的仁愛國小去了，因為他的父母親認為讀仁愛國小比較容易考上初中。

而他最喜歡去的發電廠的圖書館也換了一位新管理員，因為不認識他，他又沒像陳明峰那樣的人帶他去，就被禁止進入了。那天他含著眼淚呆呆地站在那個圖書館的玄關台階上好一會兒，才傷心失望地離開了。但突然又覺得非常憤恨，便拾起一塊石頭，含憤地死命地向圖書館的玻璃窗丟去，一聲清脆的玻璃破裂聲和管理員的驚叫聲同時響起，他立刻拔腿飛一般地跑走了。因此，他也就再沒有去發電廠的圖書館了。

「阿母，今天我幫妳挑雜貨擔好不好？」

「你要去上課啊，好好念書將來才會出頭。」金水嬸說：「只要你好好念書，阿母再艱苦都歡喜做，阿母不要你幫忙挑雜貨擔仔。」

「但是今天老師生病沒來，我不必上課。」王宏說：「阿母，讓我幫妳挑雜貨擔仔嘛，妳自己挑太辛苦了。」

「好好好，你這樣說就讓你挑吧。」金水嬸滿心歡喜地說；「阿宏真乖！」

王宏從小喜歡跟在金水嬸的雜貨擔仔後面，看著母親邁著細碎的腳步，一晃一晃地，揚聲喊著：「買——雜貨哦！買——雜貨哦！」

「噯喲，金水嬸啊，剛剛就聽到妳的聲音了，怎麼到現在才來？」

「水旺嫂，歹勢啦，剛剛在阿來嫂家裡，伊又買針又買粉，又替伊阿來仔買汗衫，又講了一些話就慢了嘛。」

王宏不知為什麼，很喜歡聽母親和買雜貨的人講話。因為他發現這時的母親的口才特別有趣好聽。如果剛好也碰到有人替他們的小孩買餅乾買糖果，母親通常也會讓他吃塊餅乾或糖果。而這也是他從小喜歡跟在母親的雜貨擔仔後面到處跑，稍微長大了後也喜歡幫母親挑著雜貨擔仔的原因。

母親是個勤勞的女人，除了在家洗衣燒飯種菜養豬賣雜貨外，也常常沿著煤場的小煤車的鐵軌撿拾煤炭。王宏從小被母親揹著，長大一些就跟在母親身邊，所以讀了小學後，他也會獨自去撿拾煤炭。有時他也會幫著工人推煤車。

「哈，你不是金水嬸的小孩嗎？沒三兩力氣也要幫阿伯推車啊？」推煤車的工人笑著說：「很乖！很乖！」心裡一高興，就拿起鏟子送給他幾鏟煤，他就高興地提著一簸箕的煤炭回家，母親就高興得什麼似的，抱住他直誇他能幹。而為了讓母親高興，他也在夏天賣過冰棒，在早晨賣過油條饅頭。他學著母親那樣，沿街揚聲喊著：「賣──枝仔冰哦！好吃的枝仔冰哦！」「油──條──，饅──頭！」

「哇！阿宏好乖！好能幹哦！」母親拿著他賺的錢，開心地讚美他，「阿母替你把這些錢存起來，將來給你去讀中學讀大學。」她說。

「我不要讀中學，我要去賺很多很多錢給阿母。」他說。

「傻孩子，你當然要去讀中學，好好讀書將來才能賺很多錢很多錢。只要你肯讀書會讀書，阿母再艱苦都歡喜甘願。你怎麼可以不讀中學呢？」母親握住他的手，流著眼淚說：「阿宏好好去念書，不要再去賣枝仔冰油條了，這些由阿母來做就好，你要念書啊，不念書就會跟你阿爸一樣，一輩子討海沒前途……」

看到母親高興得流淚的樣子，以及他通常也可以把剩下的沒賣完的枝仔冰或油條吃了。他很喜歡這樣的報償。他深愛他的母親，小時候不知怎麼表達，便整天黏著母親，跟東跟西，好像是母親不在身邊，她就會消失了，永遠再也見不到了。漸漸長大以後，他對母親的痛苦也逐漸有些體會，便努力做一些事來讓母親高興，甚至於在父親或祖母欺負母親時，他也會勇敢地站起來保護母親。例如不久前，校長又因為他的經常逃學又把父親找了去。那天他又被父親狠狠用竹鞭子痛打了一頓，母親為了衛護他，竟然也被父親打了。

「妳娘！孩子被妳教成這樣，害我在學校老師面前失體失面。害我面皮都沒有了，妳還敢護他？妳明明是討皮痛的！」父親咒罵著，竹鞭也狠狠地打在母親身上。

「孩子已被你打成這樣了，你還要怎樣？你這個夭壽短命……」母親用身體遮護著王宏，哭嚷著，反抗著父親。但父親卻更加暴怒地衝向母親，抓住她的頭髮，拳打腳踢起來。

「你打死我吧！夭壽短命，你打死我吧！」母親嚎哭著，用身體死命遮護著王宏。王宏突然從母親背後竄出來，一把抱住父親的手臂，大聲哭嚷：

「你不要打阿母啦，你不要打阿母啦！」

父親把手臂用力一甩，王宏立刻倒在地上。他爬起來，順手抓起地上的石頭，拚命砸向父親。

「幹你老母哩，你這畜生，雷公點心！敢用石頭砸令爸？令爸打死你！」

父親狂暴如瘋虎，掄起拳頭向王宏頭上捶去。母親拚命抱住父親，大聲哭叫：

「阿宏，你快跑啊！快跑啊！會被你阿爸打死了！救命阿！救命啊，金水仔要打死伊兒子了！救命啊！」

這時，隔壁的再傳叔和金蓮伯公都跑出來了，紛紛圍在金水面前抓住他的雙手又罵又勸地數說他：「你起痟了嗎？拳頭這麼大，孩子這麼小，你要打死伊嗎？連你妻子都被你打成這樣了，你還要怎樣？你是畜生！你還是人嗎？」

村裡許多人聽到哭嚷叫罵的聲音也都圍了過來。

「這個金水仔，雷公性子一起來，打起妻子孩子都不怕伊們會死！真夭壽哦！」

「阿蘭這麼好的女人做伊的妻了，伊也不會疼惜，實在是上一輩子欠伊的才會這樣。」

王宏隔著人群哭著，看到母親披頭散髮站在金蓮伯公身邊哭泣，忍不住指著父親大聲喊著：「你給我記住啊！你會老，我會長大！你給我記住啊！等我長大了，我要替阿母報仇！」

「噯喲，你這個夭壽的孩子，不趕快跑，還在那裡對你阿爸大小聲？」金水嬸向王宏跑去，打著他，叫他，「你趕快跑啊！你怎敢對阿爸講這種話？雷公會殛死你啊！你要把阿母氣死才甘願嗎？快跑啊！快跑啊！」

那天，王宏跑到海邊，獨自坐在防波堤上，痴痴地望著大海，直到黃昏漁船都出海了，黃昏的暮色逐漸從海上、從沙灘籠罩過來。天色由灰灰的暮色逐漸變成有點黑暗了。他的腦海裡一片空白。突然，從遠遠的沙灘那邊傳來母親的呼喊：

「阿──宏──啊──，阿──宏──啊──，回家啦──，」母親的呼喊帶著哽咽，「你在哪裡啊？阿──宏──啊……」

他突然想起母親跟他講的「魚媽媽生魚娃娃」的故事。

「不知阿母的母親要生阿母時，有沒有問過阿母，妳願不願意被生出來？」王宏從防波堤上站起來，忍不住為母親的苦楚又傷心起來。

那個晚上母親叫他去罔市阿姨的雜貨店買了一碗酒。她一面用手指頭沾了酒在王宏手臂的傷處輕輕地抹著，一面獨自慢慢地喝著那碗酒，還輕聲地像唱歌仔戲似地唱著王宏聽不懂的歌，眼淚也潸潸地沿著瘦削的臉頰流了下來。

每次母親傷心的時候都會像這個樣子，一面喝著酒，一面流眼淚，又一面唱著歌。很小的時候他曾問母親，「阿母，妳唱的是什麼歌？」

「千家詩啦，」她喝了酒，就會變得有點開心，但卻仍然流著眼淚，「阿母唱的是千家詩啦。」她說。

「千家詩哦，那是什麼？是誰教妳的？」

「是阿母的阿公教的啦，就是阿宏的外曾祖父教的啊！」

據母親說，他的外曾祖父是前清的秀才。她的娘家在外曾祖父的時代還是很富有的煤礦的主人。常常邀集朋友來家裡喝酒吟詩作對子。母親從小替她的祖父溫酒時，常常會好奇地偷喝一點，所以也變成會喝酒的人了。外曾祖父當年看到母親聰明伶俐，便教她吟詩。所以母親據說整本千家詩都會背誦，但外曾祖父卻沒有教母親識字讀書。

「像妳這樣聰明的小女生，還是不要讀書比較好。」母親學著外曾祖父的語氣說。後來她雖想念書，但是家道卻突然衰敗了。因為外曾祖父投資了幾個新煤礦都失敗了，把家財都敗光了。母親常常有點哀怨地嘆息，「如果阿母能識字，也不會讓你們吃這種苦了。這都是命，命中注定的，誰也沒辦法改變啊。」

自從那次以後，王宏為了母親，果真就再也不逃學了。

王宏的金蓮伯公和王宏的祖父是親兄弟，所以他們兩家共用一個大廳，左邊是王宏的家，右邊是金蓮伯公的家。金蓮伯公有一個獨子在王宏未出生時就過世了。所以金蓮伯公向同宗的親族領養了一個孫子來傳宗接代。這個孫子叫阿進，比王宏大了四五歲，小學只讀了一年就不肯再讀了，每天在海裡採石花菜、刺魚、捉海膽的本事幾乎是全八斗子漁村第一的。但他賺的錢卻都拿去喝酒賭博了，有一次甚至還偷了發電廠的廢鐵，被警衛捉到了送進派出所裡，金蓮伯公千拜託萬拜託里長去派出所才把他保了回來。王宏的父母嚴格禁止他家的孩子和這位阿進堂哥來往。但是，他們同住在一個屋頂下，幾乎每天見面，而他的經驗又比王宏豐富太多，所以，王宏常常也就不知不覺地跟著他跑，譬如偷挖番薯啦、偷採芭樂啦，都是阿進堂哥帶著他做的。而他自己也覺得很好玩，很刺激。雖然也擔心被父母知道了，一定又會挨一頓打，但是，頑劣、貪玩的心性並未因此而改變。

「阿宏，我今天帶你去賭錢，你敢不敢去？」阿進說。

「賭錢啊？又沒錢怎麼賭？」

「我先借你，沒關係，」阿進說：「我今天有二十塊錢，借你五塊好了。」

「不要，不要，賭輸了怎麼辦？我沒錢還你。」王宏說。

「奇怪，你這個人怎麼只想到輸呢？如果贏了呢？你不是就發財了嗎？」阿進說：「走啦！不然，你只在旁邊看也可以，替我助勢就好。」

其實王宏也曾跟阿進堂哥去過賭博的地方，他們賭的是一種四色牌，每一種顏色有十二張，每一張畫著一個十二生肖的動物，一副牌共四十二張。莊家發牌之後，參賭的人要先把賭資放到面前；然後由莊家發給每一個人一張牌，莊家自己也發一張。最後依十二生肖的順序比大小，鼠最大，豬最小。亮牌的時候最熱鬧，也最緊張。

「好啊！一條龍！不錯！不信莊家能拿到比我更好的！」

「別神氣！我只要一隻兔子就把你吃了！」莊家說。

「伊娘哩！一隻雞！幹你母哩！死定了！」

「不要洩氣啊，說不定莊家是豬是狗，你不就贏了嗎？」旁邊的人給拿雞牌的人打氣。

真正決生死要看莊家的牌，所以莊家通常最後亮牌時，都會裝神弄鬼、作姿作態。一下雙手蒙住紙牌，一下又向手掌吹氣，好像道士在作法一般呢呢喃喃地胡亂唱：「太上李老君，觀世音菩薩，度天宮聖母媽祖娘娘，保庇我通吃、通吃、通吃啦！」然後才把紙牌往地上一甩！

「哇！豬頭！豬頭！通賠啊！通賠啦！」

阿進堂哥叫得比誰都大聲，幾乎要把那個萬善祠的屋頂掀掉了。王宏在這種緊張熱烈的氣氛感染下，也不禁興奮起來，大聲叫著：「哇——又贏了！阿進你又贏了！好厲害哦！」

「喂！小老弟，不要叫這麼大聲好不好？那裡面的鬼都被你吵醒了！」莊家指萬善祠裡面陰陰暗暗擺列著的那些大大小小的骨灰缸、骨骸罈，有點威嚇地說。

「你娘哩！不要輸了錢就弄鬼弄怪的嚇小孩子好不好？令爸就是不怕鬼也不怕怪，趕快發牌吧！」阿進向莊家大聲嚷嚷著：「令爸這次要加倍把你贏了！」說完，把二十張一元的紙鈔往地上一甩。今天他一直贏錢，已經贏了有幾十到一百了吧？所以，他整個人像喝了酒似地亢奮著，講話都很大聲。

「好啊！你以為令爸怕你嗎？幹！要拚就來！」莊家用力掏出皮夾子，把所有的鈔票全倒在地上數了數，「令爸總共還有兩百五十元，你有本領就來拿，如果沒本領，把錢留下來，回家叫你娘來！幹！」莊家往地上吐了一口痰，也大聲地示威地叫嚷著說。

結果一亮牌，阿進又贏了！四周響起一片驚叫聲、讚嘆聲、詛咒聲。

「伊娘哩！阿進今天財神爺附身了？到現在還沒輸過一注哩！」

「幹破伊娘，令爸就不信！再來，再來！」做莊的那個傢伙大聲吆喝。

「怎樣？跟你說我會贏，你還不信？幹！這次你信了吧？」阿進用手肘輕輕撞了一下擠在旁邊的王宏的身體，得意洋洋地蠱惑他：「來啦，試試看啦，怎樣？」

「我，我……」王宏全身燥熱地淌著汗，臉漲得紅赤赤的，全身好像充滿了力氣，興奮得像要爆炸的氣球，但頭腦卻混亂極了。

「好啦！阿宏，我替你下注了，先下一塊錢好了。」阿進把一元紙鈔往王宏面前一扔，將另外的四塊錢塞進他手裡。

「好啦！好啦！我要亮牌了！」莊家叫著：「兔啦！兔啦！不錯，不錯，吃八家，賠兩家！」

「伊娘哩，早知道就跟著阿進下就好了！你看他今天手氣多旺啊！從一進門到現在，一路贏到現在，連阿宏都沾光了。」

「神明有保庇啊！」阿進笑嘻嘻地說。接著，王宏跟著他又贏了兩次。

「哇！贏這麼多了？」王宏興奮地把錢數了數，手上從沒有摸過這麼多錢，他已經贏四塊錢了。

「怎樣？要不要下多一點？」阿進又再一次鼓動他：「手氣正旺，不贏白不贏。」

「好！那就把贏的四塊錢全都押下去了。」王宏大膽地興奮地作了決定。

「好！你押四塊錢，我就押四十塊錢！要贏就贏多一點！」阿進大聲豪氣地說。

結果自那注以後，王宏和阿進下的注，幾乎每次都被吃光了。

「哪有可能？怎麼會這樣？」阿進嘀嘀咕咕地自語著：「令爸不信，再來！幹你老母哩！再來一定都翻轉了！」阿進突然大聲說。

王宏慌亂極了，但是心裡也不信，「哪有這種事？一連七八注都被吃，實在——」內心有更多的不甘心，因此也急想著要翻本，想要再贏回來，「好！再來，再來！」他忍不住也大聲附和著阿進叫起來。

但是到最後，阿進的錢不但全部賠光，還欠了莊家五十幾元。他兩眼血紅了，像瘋狗的眼睛一樣。

王宏頭腦昏昏漲漲的，混亂極了。耳根頸脖都熱烘烘的燒燙。但兩腳卻覺得虛軟空盪，走在路上好像飄飄的，有點搖晃。他一想到剛才明明贏了那麼多錢，為什麼卻一下子又輸得光光的呢？他很不甘心，很不情願，也很不捨得。心想，那也許不是真的吧？只是他在作夢！夢醒了以後，什麼事都沒有了。

但是，第二天他遇見阿進堂哥時，阿進卻開口向他討債了。

「有嗎？我真的向你借五塊錢嗎？」王宏驚疑地說：「我為什麼向你借五塊錢呢？」

「賭博啊，昨天我們在萬善祠裡和許多人一起賭博。」阿進說：「我借你五塊錢當賭本，你怎麼忘了呢？」

連著幾天，阿進天天逼他還債，甚至威脅他，要把他們去賭博的事告訴他父母。

「到時候，被你阿爸打了，你就……」

「你是壞人！你最壞！」王宏突然奮不顧身向阿進衝過去。

「噯呀！」阿進叫了一聲，被王宏撲倒在地上。但他畢竟人高馬大，立刻一個翻身，反把王宏壓到地上，「你欠錢不還，還敢動手？你娘哩！」阿進扯住他的衣領，似乎要打他，但想了想，又放棄了。站起身來，向躺在地上的王宏再一次提醒：「你不還錢也沒關係，我去跟你阿爸講，也跟你阿母講。」

王宏忍不住大聲嚎哭起來，邊哭邊向揚長而去的阿進大罵：「你是壞人！你最壞！最壞！我幹你老母啦！你這個壞人！我幹你老母……」

其實，他覺得讓母親知道這件事，比父親知道更嚴重。父親如果打他一頓，他咬牙忍著就過去了，但是母親流淚數說他時那種痛不欲生的樣子，比任何鞭打都更讓他覺得痛苦害怕。但是，欠他的錢能不還嗎？怎麼還呢？王宏坐在地上，雙手抱頭，頭腦一片昏亂，心裡焦慮痛苦得只能低聲哭泣呻吟起來。

隔了三天，快近黃昏的時候，王宏放學回家。一進門，看見父親和母親都坐在廚房的餐桌前。他心裡一怔，心臟立刻「碰痛碰痛」地狂跳起來。

「過來！」金水猛喝一聲，站起來，「過來，我問你……」

「你好好問伊，不要把伊嚇到了，伊還這麼小……」金水嬸也站起來，拉著王宏的手，走到金水面前，「你阿爸問你話，你要老實講……」

「你有沒有偷阿爸的錢？」

「我，我，沒有，有……」王宏臉色蒼白，發著抖，支支吾吾地，突然「哇！」地一聲大哭起來。

「你娘！打死你！」金水突然一個巴掌打了過去，王宏「啊！」地一聲慘叫，差點就仆倒在地上。金水嬸從後面抱住他，「你這個孩子，這麼不乖！怎麼可以……」金水伸手把王宏提起來，像拎著一個廢布袋似地把他挾在腋下，往海邊走去。

「幹你老母哩，養你有什麼用？好的不學，壞的卻全部學透透。這麼小就會賭博偷錢，長大了不就做土匪強盜了嗎？不如現在就把你填海淹死算了！省得將來為害社會，讓令爸削體削面做一世臭人！」金水一路咒罵，金水嬸跟在背後一路哭。

遠遠的，金蓮伯公一顛一顛地也跟著跑過來，嚷嚷著：「金水仔，你不能這樣啊！孩子不學好，打一頓讓他怕了就好，怎麼可以，怎麼可以……你是要起痟了嗎？」

金水頭都不回，果真把王宏像垃圾一般，往海裡一丟，「幹你娘哩，這種兒子，令爸就當沒生你了！早死早好！」

金水嬸立刻瘋了似地衝入海裡。海底是一片砂質的斜坡，慢慢由淺而深。金水嬸連奔帶爬地奔向海裡，一把抓起王宏，緊緊把他抱在懷裡發出痛徹心扉的哀嚎！

金水雖然貧窮，但他很自豪，一生不偷不騙不搶，清清白白，對這個小兒子的偷竊行為，實在是灰心到了極點，也憤怒到了極點了，連打他的力氣都沒有了，只能全身抖顫地站在岸上，兩眼含淚望著大海，猛力捶打自己的胸膛。

從此以後，王宏一輩子再也不賭，也再沒偷過一分錢。

古井蜚語

王宏的家在八斗街的古井巷。原來這個巷子裡有一座古老的水井，一年三季井裡的水都滿滿的，古井巷附近的幾十戶人家，自古以來都從這座井挑水回家洗菜燒飯。

但是夏天乾旱的季節，水井就變乾涸了。家家戶戶便得用小板凳寫上姓名在井邊排隊，輪到哪一家就由哪一家的人坐在井邊等井水蓄積到可以用水桶打水時，才一小桶一小桶地從井底汲水倒入大水桶裡挑回家。有時井底只冒出涓細的小泉，人們便會沿著井壁攀爬到井底，用杓子一杓一杓地把水舀進水桶，滿了再由上面的人用繩子拉上去。王宏到了小學四五年級時，三哥已經外出工作了，四哥一面讀水產學校的高中，一面還要幫著父親出海捕魚，所以他便要與他的五哥一同幫母親做這些事。有時在半夜輪到他家，兩個人便會賴著不起床。母親叫不醒他們，也會邊罵邊委屈地獨自去挑水。但是王宏總會覺得於心難安，滿懷的罪惡感與歉疚，便狠狠地踢哥哥一腳，然後才悻悻然地起床摸黑到古井邊。

說。

「阿母，我來幫妳啦。」他邊揉著愛睏的眼睛，邊倚近母親身邊怯怯地

「你愛睏就睏好了，起來做啥？等阿母做死了，也不會再叫你們了，也不會讓你們嫌。」母親雖然餘怒未息，但每當摸到他的手冷冷的，便又疼又怨地叨念他：「這麼大了，半夜起床也不會自己加件衣服，露水這麼重，感冒了看你怎麼辦？」

「嗳喲，金水嬸仔，妳真好命，兒子這麼孝順，三更半夜還起來幫妳挑水。」一起坐在井邊等水的姑姑婆婆阿姨們立刻七嘴八舌地說。

「講起人的命，說真的，金水嫂仔年輕時才苦呢！孩子養了一大堆，丈夫又不體貼，從早做到晚，還不時被丈夫打，再加上她那個婆婆，惡得狠，哪有什麼好命？」了解他們家底細的再傳嬸仔說：「但是熬過這麼多年了，伊也真的快熬出頭了。大兒子已經在銀行上班，二兒子在賦稅稽徵所，三兒子聽說也去高雄工作了，第四的也要高中畢業，個個都會念書，都是將材，不像我們家

的，只能討海捕魚，永遠都不會出頭。」

「是啊，金水嬸以後每個月靠兒子孝敬就油水水了，哪需要再賣雜貨，做得那麼艱苦做啥？」

「無啦，哪有？能有妳講的那麼好命就好了，」金水嬸笑著，指著王宏說：「像這個，還這麼小，要養伊到能賺錢，還不知到底時哩。」

八斗子的女人們一有機會聚在一起，都會東家長西家短地，交換著訴說她們的見聞，尤其是家裡開雜貨店那個罔市仔，消息特別多，村裡男男女女的事情幾乎都逃不過她的耳朵和眼睛。

「喂喂喂，我跟妳們講一件事，」罔市仔突然輕輕拍手提醒大家低聲說：「住在街仔頭車站邊那個阿梅的事情，你們有聽說嗎？」

「怎麼？那個阿梅，伊的丈夫不是去年過世了嗎？」

「就是，伊丈夫是去年過世的，但現在聽說她已搭上相好的了。」

「誰啊？搭上誰了？」再傳嬸好奇地問，但又有點不安地提醒，「罔市仔，這種事情妳可千萬不能亂講喔，若不是真的，阿梅可不是好惹的！」

「怎麼不是真的？阿標嫂仔親自在我面前訴苦，還講得眼淚鼻涕直直流，發誓要去找伊算帳哩。」罔市說。

「夭壽，妳是講阿梅搭上那個開賭場做流氓的阿標嗎？那有什麼好？盡做缺德的事。」

「阿宏，小孩子有耳朵沒嘴巴。這種事你聽到了，可千萬不能亂說喔。」金水嬸叮嚀著。然後又有點懇求地對罔市說：「有小孩子在這裡，妳就不要再說了吧。會教壞小孩子。」

「好好好，我不說了。那就說你們家那個大兒子阿儒吧，聽說伊和長潭尾一個女孩子很要好，妳做阿母的有聽說嗎？」

「這個夭壽罔市仔，妳不要歪嘴巴胡亂講好不好？哪有這種事情？」金水嬸忍不住生氣地說。

「好啦，沒有就好，我也是聽人家講的才好心問妳。」罔市笑笑地說：

「金水嫂仔，不是我故意捧妳才這樣說，妳那個大兒子長得實在標緻，斯斯文文的，一表人才。還在銀行捧金飯碗，女孩子不迷他才怪哩。」

金水嬸的內心其實也有點七上八下，因為前些時候，她的親家母帶著媳婦來他們家，不知跟金水講了什麼事，只見他送走親家母和媳婦後，就怒容滿面地咒罵著兒子，「幹伊老母哩，才看伊娶了媳婦，還靠人家才進了銀行上班，現在卻去勾搭別的女人，簡直，簡直，畜牲啊！」金水嬸看他那個樣子，連問都不敢問一聲。隔天，聽說他跑去銀行要找大兒子算帳，幸好兒子出差去了，不在辦公室，後來還是親家母親自去銀行才把他勸走了。因為親家母家勢很好，把他家的阿儒招贅進門，還託了人情讓他進了銀行。現在卻發生這樣的事，她也覺得有失體面，實在不希望把事情鬧大了。現在這個嚼舌的罔市卻這樣公然地說起，難怪金水嬸會又生氣又操心。

「男人都像貓一樣，聞到腥味，你叫他不偷吃比死還難哩，」再傳嬸笑笑地說：「男人風流是免不了的啦，只要還能顧家就好。」

王宏坐在母親身邊，邊打瞌睡邊聽著，只覺得模模糊糊，似懂非懂。

過了幾天，輪到王宏讀下午班。放學的時候太陽還高高地掛在西邊的天空。一朵朵的灰雲在空中漂浮，海上偶爾有幾隻老鷹在盤旋，校園的大榕樹上也有幾隻雀鳥在樹叢裡飛著跳著並吱吱叫著，似乎在應合著因為放學了而雀躍著的孩子的歡叫聲。

王宏本來和阿圳、黑龍、阿呆他們幾個死黨約好了，要帶他們去八斗子對面的牛寮嶺腳的海邊覓尋被他們稱為「咕咕咕」的一種寄居蟹。因為今天他們的「咕咕咕」都被王宏的打敗了。王宏不知從哪兒找來的一隻寄居蟹，不但殼很大，跑得也快，還好像會聽王宏講話似的。王宏把牠放在嘴邊哈著氣，輕輕呼喚「咕咕咕」，牠的腳就伸出來了，放到地上立刻就向前爬走。因此，黑龍、阿呆、阿圳們的「咕咕咕」都一一被他打敗了。王宏說，那是他在牛寮嶺腳的海邊找到的。於是，他們便相約，也要去那裡尋找比王宏更大的寄居蟹。

「我們要報仇！」黑龍說。

「對，我們一定要找到一隻比你更大的咕咕咕，我們要報仇。」阿呆附和著。

「我才不怕你們哩，我就帶你們去找好了。」王宏說：「誰怕你們啊？」但是，當他們歡呼著跑出校門時，卻聽到街頭的車站那邊好像有女人尖銳的吼叫的聲音。

「那是什麼聲音啊？聽起來好像，好像女人……」黑龍說。

「聽不清楚啦，好像女人在吵架喔！」阿圳說。

「不管啦，我們去看看不就知道了嗎？」王宏說著，便率先向車站那邊跑去。快到車站時，他們就清清楚楚地聽到女人相罵的聲音。

「妳這個愛人幹、愛人騎的、不要臉的女人。妳竟敢勾引我家那個夭壽短命的？妳以為我們母女是好欺負的嗎？妳死了丈夫愛人幹，要人騎，街仔男人多得很，妳隨便找人幹妳騎妳啊……」

「妳這個痟女人，講什麼痟話？妳家男人妳管不住，妳還不知羞恥，還敢冤枉人罵人，妳這是什麼意思？妳家的男人臭美啊！替我端洗腳水我都不要，妳還當寶哩，笑死人，不要臉！」

周邊已經圍滿了人，幸災樂禍地看熱鬧似地觀望著。王宏擠進人群裡，看見三個女人對峙地站著，一個就是罔市阿姨講的阿梅，另外兩個是阿標的太太和女兒。

「妳以為我們母女是好欺負的嗎？竟敢勾引我家那個夭壽的……」

突然，阿標的女兒不聲不響地衝向阿梅，緊緊揪住她的頭髮。阿梅「啊！」地驚叫了一聲，也本能地抓住對方的頭髮。阿標的女人一個箭步揪住阿梅的衣服，用力一扯，「嘶！」的一聲，阿梅一隻雪白如玉般的奶子立刻半裸地呈現在陽光下，圍觀的人群裡立刻響起一些輕浮的聲音：

「哈！還很豐滿喔！」

「膚色白得很哩，哇塞！」

「伊娘哩，別流口水好不好？」

阿梅放開阿標女兒的頭髮，也顧不得被撕破的衣服，即刻雙手向阿標女人的臉上抓去，嘴裡還發出像受傷的野獸一般的吼叫：「啊！啊！啊……」

三個女人突然都倒在地上了。阿標的女兒騎在阿梅身上，雙手狂亂地抓向阿梅的臉。阿梅仰躺著，雙腳不斷踢著，雙手還緊緊扯住阿標女兒的衣服，用力一撕，阿標女兒驚叫了一聲「啊！」卻仍然騎在阿梅身上，不顧衣衫破裂裸露的前胸，用拳捶打阿梅的臉。阿標的女人突然拉著阿梅的裙子，用力拉扯，大聲嘶吼：

「妳這個不要臉的賤貨，愛人騎，愛人幹，我把妳褲子脫了，在這街上讓男人來幹妳！來騎妳！妳就爽了！妳就……」

阿梅用力抓住阿標女兒的頭髮，突然一個翻身，反把對方壓在底下。但是，她的裙子已被阿標的女人扯下來了。

阿梅「啊！」地慘叫了一聲，雙手想抓住裙子，已經來不及了，她的一雙雪白的大腿已裸裎在圍觀的人群的眼前。

王宏雙手緊緊抓住胸前的衣服，雙眼圓睜，全身冒汗，緊張得幾乎要窒息了。

「哇啊！伊娘哩！」

「再脫，再脫！三角褲也脫了啊！」

「脫光！脫光！都脫光了！脫光了！」

人們歇斯底里地吶喊起來。

阿梅像受傷的瘋狂野獸般撲向阿標的女人，張口咬住她的耳朵。阿標的女人「啊！」地慘呼了一聲，雙手抱住阿梅猛力一捽。阿梅被捽退了兩步。阿標的女人摀住耳朵淒厲地叫著：「妳這婊子，婊子，賤貨！」一道殷紅的血水已沿著她的頰邊流了下來。

「幹什麼？幹什麼？還不住手啊！造反了是不是？」一個穿了制服的警察推開眾人，拉起倒在地上的阿標的女兒，看到阿梅裸露著雙腿和三角褲，忍不住竟笑了起來，罵著：「妳們這三個女人，起痟了是不是？在街上打架打到這個樣子，妳們要不要臉啊？」

阿梅頹然地坐到地上淒慘地哭嚎：「啊啊！殺死我啦！殺死我啦！」

王宏臉色蒼白地喘著氣，緊張得都講不出話來了。那個晚上，王宏作了一個噩夢，夢見一個女人被許多人包圍著，大家在扯她的衣服和褲子。那個女人好像是阿標的女兒，又好像是那個阿梅，但是，又好像是他的母親。他不禁驚聲大叫：「阿母！阿母！」

「怎麼了？怎麼了？」他滿身大汗地從噩夢中醒來，感覺母親輕輕拍著他，安慰地說：「別怕，別怕，阿宏乖乖睡覺，阿母保護你。」

土地公不見了

八斗子古井巷那座水井旁邊有一條小溪，夏天乾涸的季節就變成一條水溝。但是冬天雨水豐沛的季節，整條溪就非常的清澈蔚藍，不但周遭人家的婦女每天在溪邊浣洗衣服或家具，孩子們也喜歡在溪裡潑水戲耍。尤其是上游由山頂沖下的小瀑布般的水柱，更是孩子們嬉戲的好所在。小瀑布周邊的黏土，是王宏最喜歡的東西，他經常獨自去挖來捏成各種物事，像鳥啦魚啦豬啦，或者把它壓成扁扁的，在上面雕出各種花草樹木。王宏尤其喜歡拿黏土來捏成神像。然後把神像捧到後山，在山壁上挖個洞，把神像擺進去供奉。對他來說，這是他內心的一個祕密，從來未跟任何人說過。平時，當他跟媽媽去媽祖廟或土地公廟燒香拜拜時，望著坐在神桌上的神明，他內心就會產生一種威嚴、神聖，又帶著幾分畏懼的心情。但是，在他心底，又十分嚮往能擁有一座像廟裡的那種神像讓他供在山壁的洞裡。為什麼他會有這種欲望呢？為什麼他又把這件事當成個人的祕密而絕口不向任何人講呢？經過好多年以後，他自己也想不清楚，講不清楚。

也許就因為這樣的心情吧？有一次，當他把一團黏土捏了半天卻總是捏不成一座像樣的神像時，他不禁惱怒地把那團黏土摔在地上。冬天的太陽溫暖地照著大地和沙灘，斗大的白色的浪花在陽光底下閃耀，「嘩——啊啦！」「嘩——啊啦！」地輕輕拍打著沙岸。大人仍然聚集在大榕樹下，小孩們則在沙灘上奔跑跳躍，有的還互相抱著在玩摔角。王宏帶著一種有點沮喪、落寞，又有點惱怒和悻悻然的心情，獨自向座落在街仔尾的土地公廟走去。

土地公廟的周圍靜悄悄的，一個人都沒有。王宏站在廟門口，默默地望著沉靜地坐在廟裡的土地公。土地公的臉紅紅的，下巴掛著一串白色的鬍鬚，眼睛微微張著，好像在對王宏微笑。王宏內心「烘」地一熱，兩腳不自禁地向前一跨，站到廟的門檻上注視著土地公。他果真是對著王宏微笑，不是嗎？王宏移動了腳步，站在神桌前，微微顫抖地伸出左手，輕輕摸了摸土地公的臉。接著又伸出右手，雙手輕輕捧起土地公。他站在廟門口，向四周張望了一下，立刻把土地公藏在衣服底下，迅快地向後山奔去。

快近傍晚的時刻，大人們都離開大榕樹下，孩子們也離開沙灘，紛紛回家吃晚餐了。海上的浪花仍然「嘩——啊啦！」「嘩——啊啦！」地拍打著沙岸，幾隻老鷹在空中盤旋飛翔了一會兒，也振起翅膀向對面牛寮嶺的山上飛去了。海上、沙灘與榕樹下，突然都變得異樣地沉寂。灰色的稀薄的暮色從海上升騰，慢慢地擴散，漸漸把周遭都吞沒了。

突然，街仔尾的土地公廟那裡傳來輪值爐主驚慌的呼喊：「土地公不見了！土地公不見了！」輪值的爐主是每年土地公生日時用擲筊杯的方式選出來的，據說那都是神明的旨意，所以沒人敢反對。輪值爐主要在每天凌晨和傍晚，負責在土地公廟燒香。今年的爐主是黃萬發，他一看到土地公不見了，立刻驚呼大叫起來。村裡的人聽見了，紛紛聚集到土地公廟的門口，嘖嘖稱奇地議論著。

「土地公沒腳，怎麼會不見了呢？」

「奇怪，怎麼會這樣呢？」土生叔公驚疑地說：「難道是土地公發現什麼大事，來不及通知我們，自己先去處理了？」

「但是，土生叔，土地公沒有腳啊，怎麼自己去呢？」

「少年人不要亂講，土地公是神，跟我們人是不一樣的。」土生叔公說。

「這該怎麼辦呢？土地公不見了，從來都不曾這樣啊。」黃萬發惶恐地說。

「奇怪了，土地公沒腳，怎麼可能不見了呢？」大家都不約而同地質疑和議論著。

「不會是被偷了吧？」

「被偷？敢有可能？誰敢偷啊？不怕神明責怪嗎？」

王宏偷偷躲在土地公廟的人群後面，心臟「碰碰碰」地急烈跳動著，緊張得幾乎要昏過去了。

「敢做賊的人還怕神明責備嗎？」土生叔公說：「不過偷土地公做什麼呢？去賣錢嗎？土地公又不像媽祖身上掛滿了金牌。」

「我看這樣吧，我們度天宮的媽祖很靈信，就請媽祖來指示吧。」黃萬發說。

「我看，也只有這樣了，」土生叔公附和著，大聲說：「大家都去媽祖廟，我們請媽祖出來指點，如果被偷了，媽祖一定能講出小偷的姓名。」

於是，一群人擾擾攘攘地向媽祖廟走去。王宏臉色蒼白，全身虛軟地坐到地上。

「怎麼辦？怎麼辦？如果媽祖講出我的姓名，阿爸一定會打死我。」他雙手抱頭，喃喃自語。過了一會兒，他突然從地上跳起來，瘋了似地向後山奔去。

冬天的傍晚，天已經完全黑了。王宏跑過他家後院的菜園，摸著黑，連奔帶爬地沿著沒有階梯的雜草漫生的小徑，一不小心，突然滑了一跤，一屁股摔倒在地上。黑暗的小山路的周遭發出各種奇怪的聲音，「咕嚕！咕嚕！」「絲——絲——」「奇洛乖！奇洛乖！」那都是白天走過時不曾聽過的聲音，他突然想到鬼，想到蛇，害怕得忍不住哭了出來，「阿母啊！阿母啊！」他顧不得身上的傷痛，從地上跪起身來，邊哭著邊狂命地在山徑上向前爬著。

平時走過這段短短的山路後，轉眼就到他挖的小山洞了，但這次他卻覺得這段路好長。他在地上跪爬著，膝蓋和手掌都磨痛了。最後，他終於站起來，但心裡又害怕被人發現，便彎著腰向前跑去。

當他從小山洞裡把土地公捧出來時，他的心臟又忍不住劇烈地蹦跳起來。他趕忙把土地公往胸前的衣服裡一塞，雙手緊緊抱住，向來時的山徑奔去。山上的天空比路上或沙灘上更黑更暗，他也顧不得前面有沒有路，亡命地向山下衝去。突然，腳下踩了個空，他驚慌地叫了一聲「啊呀！」身體已從雜草和小樹叢間向下翻滾。「噯喲！噯喲！阿母啊！」他忍不住又哭起來。等他回過神來，整個人已躺在他家後院的菜園裡，把幾顆番茄樹都壓壞了。他站起來，雙手仍緊緊抱住胸前的土地公，強忍住哭聲和身上的痛楚，小心翼翼地、悄悄地從菜園裡探出頭來，深怕被家裡的人或隔壁的金蓮伯公和對面的再傳叔的家人們看見。當他發現四處無人時，立刻拔腿向土地公廟奔去。

到了土地公廟前，他又放緩了腳步，向四周看了看。全村的人幾乎都到媽祖廟去了，周遭寂靜無聲，只有沙灘那邊傳來海浪「嘩——啊啦！」「嘩——啊啦！」的聲音。他躡著腳，快速閃進土地公廟裡。他感覺心臟「碰痛！碰痛！」地跳著，把胸前的土地公拿出來，雙手抖抖地把它放到神桌上。然後，一轉身，先把頭伸出廟口探了探，立刻像一支飛快的箭一般，亡命地向家裡飛奔。

一進家門，他立刻聽到阿嬤的叨念：「阿宏你這個死囝仔，這麼晚才回家。你阿母剛剛還在找你哩。」他悶著聲，沒有應她。四哥和五哥房間的燈亮著。他低著頭，鑽進他和爸媽的房間，也沒有去開燈，就縮進棉被裡，把頭臉緊緊矇住，身體卻忍不住簌簌地在棉被裡抖顫。不久，他就意識模糊地在棉被裡睡著了。在睡夢中，他迷迷糊糊地，似乎聽見爸媽講話的聲音。

「妳一直說媽祖靈信，我問妳，土生叔唸了那麼久的咒，媽祖為什麼一直不起乩，不附身？」

「你平時就是鐵齒不信神，媽祖最後不是起乩了嗎？不是附身了嗎？」

「但是，令爸就是懷疑啊，為什麼起乩了以後不立刻指示呢？讓乩童在那裡呼呼喝喝奔跳那麼久。我看，都是那個土生叔一個人搞的鬼。他還沒想好怎麼處理，所以故意拖延時間。」

「曖喲，你怎敢講這種話？也不怕神明責備你！」

「妳們這些女人憨嘟嘟，什麼神明，不過是泥土做的木柴刻的，妳也信！幹！」

「你還不信，媽祖不是說，土地公會回來會回來！現在土地公不是真的回來了嗎？你還不信！實在很番哦你！」

「那一定是賊仔偷去了，發現換不到錢又拿回來了。不然，土地公沒腳，難道是他自己走回來的嗎？伊娘哩，世間哪有這種事？」

王宏實在太累了，在床上翻了個身，又睡著了。

榕樹下的雜貨店

八斗子一到冬天就吹東北風。風從東北的方向夾著濕冷的水氣灌進灣澳。八斗子就經常又是風、又是浪、又是雨。整個漫長的冬季，八斗子漁村就像進入冬眠的大海龜，趴在風雨大浪中沉靜得連喘息的聲音都沒有。

唯一還有一點生氣的是罔市家的雜貨店裡還聚集了一些人。

雜貨店外面搭了一個遮雨棚，兩邊垂掛著兩片活動的擋風帆布。雨棚裡擺著兩條木製的長板椅和三只高腳圓凳子，角落邊直立堆置著兩大捆甘蔗。七八個討海人聚集在雨棚裡比賽「剖甘蔗」。吆喝聲、喝采聲、嗟嘆聲，起起落落，似乎沒有終止的時候。王宏和阿圳、阿海、阿呆幾個經常在一起的死黨也擠在雜貨店的遮雨棚裡看大人比賽「剖甘蔗」。這是八斗子漁村日常的娛樂活動。輪到「剖甘蔗」的人就要站在椅子上，一手拿著略彎的鋒利的甘蔗刀，一手扶著比人還高出兩個頭的長直的甘蔗。比賽時要先把扶甘蔗的手放開，用略彎的甘蔗刀鉤住甘蔗，如果甘蔗倒了就算輸。所以要在甘蔗直直地站穩的時候，必須又快又準地在剎那間從甘蔗頂用力直剖下去。剖甘蔗的人通常都要屏息靜氣，圍觀的人則是品頭論足，或是吆喝助勢。

「加油！加油！要看準哦！」

「喂，順仔，用刀要快哦！」

「要剖得直哦，一刀下去漂漂亮亮！」

「看這個氣勢，順仔會贏！」

「不見得吧？剛才芋仔那一刀多漂亮！」

突然，那個叫順仔的人「嗨！」一地吐氣開聲。同時，手上的甘蔗刀從上直下，身體也跟著刀勢下彎，幾乎要碰到地面了。這些聲音、動作幾乎是在一眨眼間一氣呵成。周圍立刻爆起喝采聲和吆喝。

「嗳呀！漂亮！一刀到底！」

「你娘哩，神啊！直直直，連歪一點都不曾！」

「順仔，你是怎麼做到的，簡直……」

「厲害！比電影中的日本武士還行！」

「你看，從頭到尾正中間，真的是一刀到底！」

人們拾起剖成兩半的甘蔗叫嚷著，「服了！服了！順仔，有這手本領，還來捕魚，太可惜了！」

「來吧，輸的人把錢拿出來，五角，五角，五角！哇塞，順仔，你贏了三塊錢！」

順仔二十出頭的年輕人，高瘦白淨，不太像個討海人，微微紅著臉，笑笑地說，「運氣啦！剛才芋仔那一刀很漂亮，我以為穩輸了，沒想到……」

「芋仔那一刀也很漂亮，但是到下面就有點歪了，」一個年紀稍大的人拿起兩支甘蔗比較著，像裁判一樣。「阿圳，這些剖過的甘蔗，叫你的同學拿去吃吧！」那人朝阿圳說。

「好啊，我們來吃甘蔗。」阿圳笑嘻嘻地向王宏說：「我阿叔叫你們來吃甘蔗，來啊，阿呆，不要呆呆站那裡。」

「這甘蔗好甜哦！好好吃！」王宏邊啃甘蔗邊朝阿呆說：「這支甘蔗好

甜，你拿去呀！」

「小孩子啃甘蔗，大人來喝酒。來，我請大家喝酒。」順仔大聲說，吩咐罔市阿姨，「拿三個大碗公來搭酒啊。」

「好，好，喝酒，喝酒。」

這幾乎已是八斗子漁村比賽「剖甘蔗」的慣例，孩子們擠在旁邊等著拿剖過的甘蔗吃，贏家則把贏的錢全買酒請大家喝了，喝完再比賽。所以，常常有人就當場醉倒了。也曾因為這樣而在喝醉了的時候發生過吵架打架的事情。王宏也模仿過大人玩「剖甘蔗」，但每次當他拿起甘蔗刀時，甘蔗就倒了，他連甘蔗皮都沒削到。所以他對順仔這一手一刀到底、一劈兩半的絕技，不僅佩服得五體投地，更是畢生難忘的記憶。

進了雜貨店，左邊是一張書桌，是雜貨店老闆記帳的地方。雜貨店的正面和右牆均樹立著一兩排貨物櫃，櫃上擺滿了各種物品。左邊是一張通鋪式的眠床，屋頂懸吊一盞黃橙色的電燈，燈光底下聚著五六個人正在賭四色牌。旁邊還圍繞著八九個人在觀賭，有的坐在床緣，有的站在床邊。不論賭牌或觀牌的人，多數都抽著紙菸，所以屋裡煙霧迷漫，有的人還一邊嗑著瓜子，有的則一邊喝酒。

王宏在雨棚那邊啃完甘蔗後也擠進雜貨店裡看大人賭博。他喜歡看大人圍在一起時的談話和表情。通常賭牌和觀牌的人都比較安靜，只在有人叫一聲「糊了！」的時候，才會響起幾聲嗟嘆或哀怨。

「唉！手氣有夠衰，如果早摸到那支黑陣，不就早糊了嗎？」

「我也是，就等一支紅兵，也等不到啊。」

「你的紅兵藏在這裡了，還有你等的咧！」

「阿德，我休息一下，換你來，看你手氣會不會好一點。」

「好吧，我來試試，」那個一直站在圈外觀賭的中年男子阿德擠進圈子裡，抓起四色牌在手上洗了洗，叫著：「我來發牌吧，誰先啊？」

「喂！罔市仔，再搭一碗酒給我！」賭牌的人叫著。

「也給我一包新樂園，伊娘哩，一包菸沒抽幾下就抽完了。」

「來啦，來啦！」罔市一面大聲應著，一面叫王宏：「阿宏，把菸拿給阿秋叔，順便把阿火伯的碗拿來給我搭酒。」

「好，來啦！」王宏大聲回答，勤快地當起罔市的助手。

罔市阿姨的雜貨店也兼營故事書出租。都是小本黃紙的連環圖畫書，像《三國誌》、《七俠五義》、《濟公活佛》、《大俠方世玉》、《隋唐演義》、《封神榜》等等，有的一套｜幾集，有的五六集。有的人租回家，看完了忘了送回來，後面有人要租就沒有了。所以罔市阿姨就會叫他兒子阿寬沿家挨戶去收回來。阿寬小王宏兩歲，一張寬寬圓圓的臉，因為被狗追過，害怕了，就常藉故不去收。王宏因為喜歡看這些圖畫書，又沒錢租，所以就自告奮勇替罔市阿姨做這些事，條件是他可以在店裡免費讀這些圖畫書。罔市阿姨大約一兩個星期會去基隆街仔大租店換書回來，所以王宏可以不斷有新的連環圖畫書可讀。王宏看大人賭牌乏味了，就會坐到雜貨店的角落邊看圖畫書。不能去發電廠的圖書館以後，罔市阿姨的雜貨店就成為他的圖書館了。所以，每次學校舉辦說故事比賽，他肚子裡的故事比別人多，得第一名的都是他。

八斗子的冬天，偶爾也有出太陽的時候。村裡的人就會齊聚在罔市阿姨的雜貨店前的那排大榕樹底下，天南地北地聊天。王宏最喜歡這樣的場合，他一定會擠進人群裡，坐在地上，雙手環抱著弓起的膝蓋，傾聽大人們的談話。他就是在這樣的場合，第一次聽到大人講到二二八的事情。

「現在這種天年，社會都變了啦！日本時代，哪有警察開賭場的？」那個村裡最有名望的，日本時代當過保正的水土叔公感嘆地說：「基隆廟口那個賭場，聽說就是警察開的。只要有錢，進去賭博保證你不會被抓。有警察保護你啊！」

「幹伊母哩！就是這麼說啊。中國仔和日本仔不同就在這裡。日本仔雖然也欺負咱台灣人，但是伊們守法。中國仔呢，說是我們的祖國，做官的、做警察的哪一個不歪哥？衙門八字開，無錢莫進來。莫怪二二八事件會鬧得那麼大。」那個讀過日本書的阿生叔憤憤地說：「單單我們基隆，就死了多少人你們知道嗎？我親眼在基隆港口看到的，海裡都是屍體，雙手被這樣綁起在背後……」

「阿生仔，二二八的事不能講哦。」水土叔公好意地提醒著，「你會被抓去打槍哦！」

「我怕啥？我講的都是事實……」

「事實也不能講，現在政府不准百姓再講二二八的事，講了就是散布謠言，」在市政府當課員的來發叔也好意地制止阿生叔，「你沒看過報紙寫嗎？南部有一個人出來選議員，公開講了二二八的事，第二天就被警備總部抓了，說伊是匪諜，是共產黨派來的。連聽的人都被抓了，說伊們怎麼不通報？一定是同夥共謀。」

「噯喲，噯喲，若是這樣，阿生仔，你就不要再講了，不然連我們都有事了。」

「好啦！不講就不講。」阿生叔臉色蒼白地低聲說：「伊娘哩，這種政府……」

但是，王宏聽了卻很好奇，「這到底是怎麼回事呢？二二八？為什麼不能講呢？為什麼會死了那麼多人呢？」他心裡嘀咕著，看到大人們似乎十分驚恐的神色，也不敢問了。直到過了很久很久以後，他已大學畢業了，才從國外的圖書雜誌上讀到一點點關於二二八事件的記載。

而，也是在這樣的場合，他才知道，原來他們王家曾經有過一位堂叔，在日本時代做過流氓。老一輩的人都說他是八斗子的廖添丁。

關於廖添丁的故事，他是知道的。因為他曾經在這個榕樹底下，聽他的三哥阿義被村裡的人叫來「講古」時講過這個廖添丁的故事。他的三哥大他十二、三歲，二次大戰空襲時讀過一點日本書，也跟信田叔叔讀過一些漢學，所以他能拿著故事書「講古」給村裡的人聽。

「現在的少年人不學好，喝酒賭博打架，就講伊們是流氓，幹！什麼叫做流氓？流氓兩個字怎麼寫，伊們知道嗎？做流氓那麼簡單啊？會打架就是流氓了？」水土叔公不屑地說：「講起做流氓，我就佩服咱八斗子出身的阿吉仔，日本時代基隆廟口一帶，大家都稱呼伊『白眉仔』，因為他長了兩道白眉毛。」

「水土叔，若不是你講起我也不敢講。現在警察說為了治安，要抓流氓去管訓。但是現在的流氓是什麼流氓呢？專門和警察勾結欺負無錢無勢的人，這也叫流氓啊？笑死人！」阿傳叔有點驕傲地說：「當年我那個兄弟阿吉仔不學好，也跟人家做流氓，但是伊為了村裡的事，單刀赴會去向廟口的老大怎麼講的，老一輩的人都還記得吧？」

「記得啊，怎麼不記得？」幾個年紀較大的人紛紛地說，「當年若不是阿吉仔，八斗子人就慘了，不知要被廟口的流氓殺死多少人呢。」

原來當年有個會一點功夫的村裡的討海人去廟口賭錢，賭輸了不認帳，不但把人家的賭桌翻了，還把人也打傷了。並且還跟人嗆聲，「我是八斗子某某人，好膽就來找我算帳，我吃飽了飯等你們。」惹得廟口的流氓齊聲放話，若是在廟口一帶的街仔碰到八斗子人，絕對見一個殺一個。八斗子漁村都是善良老實的討海人，聽到這樣的話都緊張害怕得連基隆街仔都不敢去了。其實那個惹事的人雖是八斗子出生，卻早已搬到鄰近的和平島，已經不是八斗子人了。但是村裡的老老少少，卻不知該怎麼來處理善後。後來，聽說就是那個阿吉叔，頭上綁了一條白毛巾，身上插了兩把刀，獨自一個人跑到基隆廟口找他們的老大。

「各位廟口的兄弟，我是八斗子出身的阿吉仔。聽說我們村裡一個不懂事的後輩得罪了各位廟口的兄弟，惹得你們放話，只要見到八斗子人就要見一個殺一個！這點，我不敢怪你們，因為是我們的後輩錯在先，得罪了大家。今天，我是代替我們村裡的老老少少來向各位兄弟賠罪的。」阿吉叔說著，向包圍在四周的人拱了拱手，突然右手拔起腰上的尖刀，猛地往左手小指一剁。四周立刻響起「啊！」的一片驚呼。阿吉叔不顧手上的血已鮮紅地流了滿地，彎身撿起地上的手指頭扔向站在廟口正中央的老大。

「如果老大和各位兄弟看得起我白眉，也認同我這個誠意！就請各位放過我們八斗子整村的老老小小吧。」阿吉叔扯下頭上的白毛巾，把流血的小指包住，朗朗地說：「如果各位認為這樣還不夠，還要八斗子人交出更大的代價。那麼，我白眉的命只有一條，你們就過來拿吧！」

「好氣魄！好膽識！衝著你白眉兄弟，」廟口的老大向周遭的弟兄大聲說：「我們和八斗子人的恩怨，就這樣一筆勾消了吧！」

但是，王宏卻從未見過這個阿吉堂叔。聽說自那事情以後不久，他就獨自跑去日本了，連他的親兄弟阿傳叔也不知他的下落。只聽說，後來他在日本參加了什麼台灣獨立的組織，是專門反對國民黨政府的。阿傳叔還因為這樣被警備總部抓去問過話。所以，自那以後，王家就再也沒人提起過這個阿吉堂叔了。

海仔尾囝仔

夏天一到，整個八斗子漁村就活蹦熱鬧起來，八斗子人的生活節奏也變得快速、忙碌，充滿了秩序和活力。這種生活的節奏明顯地跟隨著漁船的進出而起落。

下午，太陽才稍微向西邊的天空偏斜，還保持著炎炎火燙的高溫，就到處可見裸露著褐赤色的寬厚結實的胸背的討海人，邊吆喝著邊忙碌地準備出海。

「嗨嗨，讓路讓路！被撞倒不要怪我。」水旺父子一前一後扛著漁網吆喝著，旁邊還有四個人協助，也各自用雙手挽住一部分的漁網走向船邊。

「喂喂，不要擋在路中間啊！」挑著兩只大電池的阿海也跨著大步大聲說。

連老人、婦女和兒童也都到海邊船邊來幫忙。

「阿盛仔，把你阿爸的便當拿到船上去。」

「水旺仔，船上的電池夠用嗎？不要忘了也要帶一組備用哦！」水旺伊爸幫忙把漁網在船上安置好，便站在岸邊大聲叮嚀。

了啦。」

「喂喂！阿海仔，你娘哩，船頭歪掉了，怎麼不顧好呢？快撞到我們的船

「安啦安啦！你不要緊張！令爸又不是第一次出海。」

「船上的漁具都帶齊了嗎？千萬千萬，不要半路又折回來了。」阿海的父親望著手持撐桿在操船的兒子大聲說。

「駛你娘，還不趕快去報關，別人都出海了，你還慢吞吞的。」較遠的一條船邊傳來一陣咒罵：「幹伊母哩，叫你別喝酒，你不聽，喝醉了就睡到現在才來！你是老爺啊？駛你娘！」

當太陽漸漸把西邊的天空染紅了，海鳥成群地在海上盤旋飛翔，八斗子的漁船也一艘艘駛離了八斗子的岸邊，在大海中留下一道道明顯的水痕。

這個時候，王宏特別喜歡獨自坐在防波堤上，望著天空和大海，望著一艘艘漁船後面拖曳的水痕，想像著遙遠的海天相連的地方，再過去到底是哪裡呢？如果能像天空中飛翔的海鳥，是不是能望得更遠更遠，就知道那天海相連

的背後的地方了呢？

海上的船影漸漸都消逝了。海鳥也不知飛往何處去休息了。大海又恢復了它慣常的平靜和冷漠。黃昏的淡灰的暮色逐漸從海上和沙灘升騰起來，像早晨的霧氣那樣，逐漸向四處擴散。暮色越來越濃了，淡灰色的大地逐漸轉成濃灰，再漸漸變成一片灰暗。王宏在黑暗中遙望海上的漁船一盞一盞亮起的燈光，直到滿海的漁火與滿天的星光互相輝映。直到沙灘那邊突然傳來母親的呼喚：

「阿——宏——啊——，回家囉！」他才站起來，向沙灘那邊奔去。

「你這孩子，要做海仔尾囝仔是不是？連吃晚飯都不會回家。」金水嬸責備著，「要做海仔尾囡仔你就去吧！也省得阿母替你操心。」

「阿母，我本來就是海仔尾囝仔啊，妳不是從小就這樣叫我的嗎？」

「什麼？這是阿母罵你的話，你還以為是稱讚你啊？」金水嬸打了一下他的屁股，笑著說：「你整天在海邊、在沙灘蹦來蹦去，連吃飯睡覺都不知要回家，就像沒人要的孩子。這不是海仔尾囝仔是什麼？」

王宏吃了晚餐，臉不擦手腳也不洗，也不顧夜已經黑了，又一溜煙似地跑出去了。

他喜歡在夏天的夜晚躺在沙灘上，仰望星光滿布的天空，數著天上的星星。經太陽曬過的沙灘還溫熱著，海風也微微地吹，他覺得很舒服、很自在，常常不知不覺就在沙灘上睡著了。直到捕魚的船隻為了搶新鮮能賣個好價錢，半夜裡載著漁貨回來。在船岸邊與魚販討價還價的聲音，以及挑魚的人的吆喝聲，才把他從睡夢中吵醒。

這時，做魚販生意的萬發叔家門前的大灶已熊熊地燃起火來，灶上大鍋裡的海水也熱滾滾地「呼嚕！呼嚕！」地響。那個身體健壯得像男人般的萬發嬸也站到灶上，張開雙腿半蹲著，雙手抓住圓型大魚籃的繩子，小心翼翼地把魚籃放入熱鍋裡，雙手快速轉動起來。鍋裡的魚籃跟著她的手勢向左轉又向右轉。這樣，魚籃子的魚才容易熟，也才容易熟得平均。旁邊有兩三個婦女在幫忙把煮爛的、肚皮破裂的、或已沒有頭的魚挑出來，丟到一個小籃子裡。

王宏悄悄地揉著疲倦的惺忪的眼睛，呵欠著走過去，從小籃子裡挑出較大的一條魚吃了起來。

「噯呀，你不是金水嬸家的阿宏嗎？」幫忙揀魚的女人說：「怎麼三更半夜還不回家，難怪你阿母說你是海仔尾囝仔。」

「好吃吧？很鮮的魚喔！」萬發嬸望了望王宏，大聲說：「你愛吃就拿，免客氣！」

「好吃！」王宏邊吃邊說。但是，吃了三條，他就膩了。

「吃飽了，趕快回去，你阿母找你哩。」萬發嬸忙著煮魚，好心地說。

不遠的地方連續傳來兩三艘漁船進港時引起的喧譁嘈雜的人聲。

已經深夜的八斗子，因為漁船載了魚貨進港，仍然顯出喧鬧的快速、忙碌的活力。

夏天就屬於像八斗子漁村這種討海人的季節。

每天早晨五六點鐘的時候，灰黯的天空和海洋剛被好像從海底冒出來的光線慢慢地滲透成灰藍的顏色，海上遙遠的地方就開始出現幾點灰黯的船影，慢慢向八斗子的灣澳移動。

漸漸地，天光更亮一些了，漁船的形狀更清晰可見了，八斗子的海上、岸邊和沙灘又開始了另一種型態的熱鬧和喧譁。討海人站在舺舨上互相大聲地詢問：

「怎樣？昨晚成績還不錯吧？有三百斤嗎？」

「無啦，三百斤？半夜駛船回來，伊娘哩，才一百八十幾斤而已。」

「會不會被魚販搶了秤頭呢？我們的船在你附近，看你拉網時，船身都打斜了。」

「那你們呢？捕了多少？」

「我們較歹運，連下了幾次網，我看有近百斤就不錯了。」

「那總比什麼都沒有好。」

船靠岸，討海人就紛紛忙亂著挑起濕漉漉的漁網和電池，「嘿呀，嘿呀」地走向沙灘上的網架，和那間漁村裡僅有的充電房。

船主們從艙裡撈起一晚的漁獲，在岸邊平均地分成幾堆。然後，隨手從地上撿起廢棄的乾枯的樹枝或草繩，掐成幾段抓在手上，「來抽籤吧，最長的先拿。」

「阿爸，阿爸，我也要抽！我也要抽！」

「好吧，阿雄來幫阿爸抽。」

大家都抽完了，就比長短。

「哇！阿雄抽到最長的，那你先選吧！」

「都差不多了，沒什麼大小份。」船主笑著說。

依慣例，船主通常兼船長要先拿一半，另一半才由其餘的人均分。各人拿了自己的一份，回到家裡再把較大的、較好的魚挑選出來，拿到街仔去賣，也有人提著魚籃子到發電廠的宿舍邊叫賣。剩下的一點才留著自家食用。

王宏家的漁船只是一艘小舢舨，金水通常都默默地把船推到淺攤的地方。當有人問起「捕了多少啊？」他總是笑笑地說：「還好，還好！四五十斤啦。」

「那也不錯了，賣個近百元沒問題啦！」

每天清晨，王宏和母親一定會站到岸邊等父親的舢舨回來，再幫忙曬那張小小的漁網。然後跟在母親後面挑著魚到街仔去賣。

「現撈的魚哦，新鮮的！很好吃哦！」他沿街喊著。

「阿宏好能幹，以後，學校畢業，可以去學做生意。」媽媽常笑著這樣說。

「不要！我要去捕魚。」

「捕魚有什麼好？窮苦一輩子，」媽媽說：「你要害你妻兒跟你艱苦一輩子嗎？傻瓜！」

金水嬸始終堅信，只有讓孩子念書才能改變命運，才能出人頭地，才不會像他們的父親那樣一輩子做討海人，一輩子貧窮困苦。學校畢業後可以去學做生意，可以去公司上班，不會像討海人這樣，到了冬天甚至連三餐都吃不飽。她的幾個孩子，都還爭氣，都很會念書。前面三個兒子都出外去上班了，老四水產學校高中部也畢業了，當兵回來就可到商船工作。老五現在也讀水產學校初中部。就剩下這個最小的兒子阿宏，最令她操心。從小頑皮搗蛋又逃學不念書，整天整夜山上海邊，野得常常看不到人影。但是，說也奇怪，每次考試他不是第一就是第二。

其實王宏不是不喜歡念書，他只是在屋裡坐不住。他覺得老師上課太無趣了。所以他寧可在沙灘用水罐子灌沙蟹，到海邊釣魚，或在海裡潛水採石花、撿海膽、標魚。這些都是八斗子的孩子們最喜歡，也最擅長的事情。

夏天一到，他們都會呼朋引伴，成群結隊到八斗子山延伸入海的山岬海岸，他們習慣稱做「浪水角」的地方採石花、撿海膽。因為那裡海潮較急，海浪較大，所以海底的石花也比較茂盛，海膽也比較肥美。那個地方對小孩子來說，其實是滿危險的，就曾經發生過外地來的高中學生被海浪沖走的不幸事件。但是，八斗子的孩子們就喜歡在大海裡玩這種危險的遊戲，甚至在颱風來臨的前夕，風浪較大較高的時候到浪水角的大海衝浪。有一次，王宏的父親金水聽說他又去浪水角衝浪了，就提著扁擔在後面追打他。

「你娘哩，你愛死不要命，令爸就把你打死！」

還好王宏跑得快，加上人矮個子小，躲到山岬的大石夾縫裡，父親就找不到了。那一次還好他沒有下水，那個比他年齡大了五六歲，叫臭殼的大哥，平時的潛水技術是全八斗子最好的，就是那次在浪水角採石花時被海浪沖走了，隔了三天，他的屍體才在台北縣的鼻頭角的海岸被找到。聽到這樣的消息，他心裡不得不感到幸運和恐懼。那一天的海浪確實比平常凶猛，他自知可能會有危險，因為他曾在比那次風浪還小的時候，遇過差一點被海浪沖走的經驗。

通常當海浪湧起來衝向岸邊時，他都會憑經驗乘著水勢自海底浮起來，後面一定還會有接續兩三陣的浪頭會把他衝到岸邊。然後，當海浪急速向大海後退時，他就必須快速地再潛入海底，眼明手快地緊緊抓住海底的石頭，才不會被海浪沖走。當海浪再度湧起衝向岸邊時，他又再度乘著水勢自海底浮起來，讓大浪帶向岸邊。但是那一次，當海浪急速後退時，他潛入水底，竟然來不及抱住海底的石頭，一下子就被衝出老遠老遠。他回想起來，都還心有餘悸。就因為有那次的經驗，再加上那天父親在背後咒罵追打他，所以一看到那樣凶猛的海浪，他就有些心虛膽怯了。如果他也冒然下海的話，說不定他也會跟臭殼大哥一樣被海浪沖走淹死了也說不定。

自從那次事件以後，除非大海風平浪靜，否則他就再也不去浪水角玩衝浪了。

夏天八斗子的沙灘到處看得見用竹竿搭建的簡單的網架，網架上連綿地掛著褐紅色的漁網在炎赤火熱的陽光下曝曬。沙灘上也到處鋪著草蓆，草蓆上均勻地鋪著一層昨夜煮熟的魚。婦女們戴著斗笠，拿著竹桿在草蓆上替曬的魚翻身。魚必須曬得均勻，才能曬得乾透。把魚曬成魚乾後，有的拿去基隆街仔賣給店鋪，有的用陶缸收藏起來準備冬天食用。

夏天的八斗子也是石花盛產的季節，所以沙灘的草蓆上也有很多曬的是赤褐色的石花。曬乾的石花價錢高，曬乾的石花若再經過淡水漂洗，便漸成白色透明，可以煮成石花凍。有些漁村的婦女就在海邊向外地來游泳的人兜售石花凍。

因此八斗子的夏天，整個漁村便瀰漫著魚腥和石花海藻混合著大海腥鹹的特殊味道。再加上八斗子的男人不論大小，都習慣打赤膊光裸著上身，工作或遊戲時的汗水流滿全身。陽光曝曬著大地，連沙灘上的細沙都熱燙得使打赤腳的孩子都受不了，只能跑到網架下躲藏，或跳入海裡在水中喘息。

這時，大人們早上捕魚回來，都還在睡覺。王宏便經常偷偷地把父親的小舢舨划出大海。他很早就學會獨自操作舢舨的技術。或用兩支槳掛在舢舨的兩邊，雙手搖槳；或用一支櫓槳掛在船尾，單手搖動櫓槳，舢舨船便平穩地在海裡航行了。船上有一個直桶似的探照鏡，底部是用玻璃做的，放到水裡，海底景象便都清晰可見。各種不同顏色、不同大小、不同種類的魚、蝦、蟹在海底遊走；各種不同形狀、不同顏色的海底植物在水裡搖擺張揚炫耀它們的肢體；各種不同形狀和顏色的海底礁岩、石頭也靜默地展現它們的瑰麗。王宏從小愛極了這樣的海底世界，神祕、豐富、玄奇、瑰麗。

那是戒嚴的時代，所有八斗子的漁船進出灣澳都必須向警備總部的檢查哨報准。出海時規定一種燈號與旗幟，入港時又要換成另一種燈號和旗幟。如果沒有旗幟和燈號，或旗幟燈號錯誤，岸上的哨兵就會向漁船開槍。王宏的一位同班同學陳正夫的父親就是在漁船進港時插錯了旗幟，結果就被岸上的哨兵用槍打死了。所以，沒有報准的漁船，只能在灣澳裡活動。王宏的父親就常三申五令警告他，「令爸的船仔，你不能亂划喔！這些中國兵仔，打死人是不賠命的，我告訴你！」

有一次，王宏又把父親的舢舨偷偷划出去了。船還在灣澳裡，他就把船錨投進海底。他在腰上綁了一個裝石花的網袋，手上拿著哥哥替他用竹子和橡皮做成的標槍，腰上還另外綁了一條繩子，另一端繫著一只大水桶，那是放海膽用的，便縱身躍入海裡去採石花、標魚、撿海膽了。等他爬回船上時已非常疲累，便在船上仰躺著休息。船在海上一晃一晃地，他不知不覺就睡著了。這時，或許是因為船錨在海底沒有抓緊石頭或沙地，在微風中竟無聲無息地向外海漂流。

突然，他在睡夢中聽到驚天動地的「碰！」的一聲巨響。

「回來！回來！要開槍喔！」檢查哨的廣播聲從岸邊傳來。

王宏翻身一望，嚇得臉都發白了。船已超出警戒線很遠了。他趕忙拉起船錨架起雙槳，拚力向前划動。但是，潮水的方向剛好向外海流動，他划了許久，船卻越漂越遠了。他又緊張又害怕，一面拚力划槳，一面忍不住就「哇哇哇」地哭了。

突然，一艘裝了馬達的漁船急速從灣澳那邊開過來，船首站了一個軍官，手上拿著手提麥克風向他喊話，「回來，回來，不准動！」後面站了一個阿兵哥肩上頂著一把長槍。

「我划不動啊，我划不動啊！」王宏奮力划著槳，大聲哭叫著。

「報告隊長，好像是個娃娃。」那個持槍的阿兵哥把長槍放下，朝王宏大聲喊著：「喂，小娃娃，不要動，不要害怕！俺帶你回去。」

那個持槍的阿兵哥原來是個山東老兵，叫林長貴。他的左臉頰有一道明顯的刀疤，據說在大陸打戰時被日本人砍傷的。因為這個海上事件竟然和王宏成了好朋友。王宏常常到檢查哨找他，他就會叫王宏在隊上和他們一起吃飯。王宏很愛聽他講在大陸和日本人、以及和共匪打仗的故事。

「俺十八歲時，日本鬼子把俺的村莊燒了，俺的父母兄弟都被日本鬼子殺了，俺的新婚妻子和剛生下的兒子也失散了。俺找了好久，沒找到，也許也被鬼子殺了。俺就去當兵，殺鬼子報仇。」他一喝了酒，就不斷地重複他的故事。臉上的刀疤就變成一條紅色的小蛇般黏在臉頰上，使他的臉變得有點凶惡、恐怖。

他的脾氣很暴躁，常常和來檢查哨報關的討海人爭執吵架。但是他卻對王宏非常好。王宏覺得他是個好人。不久，他的部隊移防到別處了。從此，王宏就再也沒見過他。但是，每當王宏獨自坐在防波堤上望著大海胡思亂想時，有時候就會情不自禁地想起他，內心就會升起一種溫暖的懷念。

校工旺伯仔

在八斗國民小學最有名的人不是校長，也不是任何一位老師，而是那位老校工旺伯。

八斗國民小學是在日本明治二十四年（西元一九〇七年），也就是民國前四年成立的。旺伯在學校成立的第二年就來當校工了，那時他十八歲。王宏讀小學一年級時，他六十歲，在八斗國小已當了四十二年的校工。所以八斗國民小學的歷史他最清楚，凡是讀過八斗國小的八斗子人，他也都認識。雖然他的身分和地位只是校工，但是八斗子人卻把他當成八斗國小的象徵，是八斗國小最具代表性的人物。

旺伯的左腿有點瘸，走起路來一拐一拐的，有點拖泥帶水。他也長得矮小，大概只有一六〇公分高。滿頭灰白的頭髮像一叢枯黃的雜草，滿臉皺紋像被大太陽曬得乾癟的大地的裂紋。

學校裡不論大大小小的事情，他都當成自己的事一樣，從早做到晚。譬如，教室屋頂漏雨了，是他爬到屋頂上修理；教室的大門和窗戶壞了，他也拿了材料和工具去修理；學校電線或燈泡壞了，也由他去檢修換新；教室裡的課桌椅壞了，也由他敲敲打打修理好了；學校水井的手壓抽水機不能用了，他也會修理；校園裡那幾棵大榕樹枝葉太茂盛了，必須鋸掉一些，也是由他爬到樹上去動手完成的。在孩子的心目中，他簡直無所不能，太神奇了。

「學校環境好，學生才能安心念書，老師也才有心情好好教書。」旺伯說。

他每天早晨六點整就到學校，先燒好開水，把每一間教室門口的開水桶灌滿了，再把教師辦公室的地掃乾淨、桌子和窗戶抹乾淨。早上八點，準時第一次把吊在教師辦公室門口的大鐘用力敲響了。「噹，噹——噹，噹——」這個鐘聲幾乎可以傳遍八斗子的大街小巷。因此，八斗子的人也習慣以這刻的鐘聲來對時。

「用心聽聽這個鐘聲，」那個麻子臉的黃錦川老師還在學校時，常常提醒同學：「噹，噹——噹，噹——，會不會覺得心情安靜些呢？」

王宏每次一下課，就野馬似地衝出教室，呼喊著，不是在操場上與同學們奔跳追逐，就是爬上榕樹，坐在粗大的樹枝上，兩腿懸空地晃盪。有時，像猴子一般，一下子雙手攀住樹枝，一下子又改成兩腿倒掛在樹上，惹得同學們在榕樹下仰首望他，「啊！啊！啊！」地吼叫，小女生則大聲驚叫：「要掉下來了！要掉下來了！」老師們常常制止他，不可以玩這種危險的遊戲。但是，看到同學們的反應，他卻樂此不疲。下課時間只有十分鐘，當鐘聲再度響起，他就得進教室上課了。這時他已全身躁熱，流了滿頭滿臉的汗水，坐到座位上，他便依著黃錦川老師的叮嚀，閉目回想剛剛消逝的鐘聲，似乎還聽得見空中飄蕩著「噹，噹，噹——噹，噹——」的餘音，他便覺得，心情果然就安靜了。

王宏五年級的時候，跟其他同學一樣，也分到一畦菜園。「這是分給你們的土地，每人都有一塊，要好好照顧哦！」老師說，「你想種什麼就種什麼，番茄還是白菜，絲瓜或是茄子，都隨你們高興。要種活哦！老師會來檢查，會來打分數，看誰比較用心，比較認真。」

王宏高興死了！他想要有一個自己的菜園想很久了。他家後面也有一個菜園仔，他母親有時種絲瓜、番茄，有時種茄子、白菜。他偶爾幫著母親在菜園仔裡除草挑水，挑糞施肥，有時也幫著拿鋤頭翻土。他喜歡種菜。看著菜芽子種到土裡，每天長一點，長一點，不久就長出葉子了，再不久就長得高高直直的，他就會喜歡得什麼似的，坐在菜園旁邊的石頭上楞楞地望著那些菜。

「為什麼那些菜芽子能長出葉子？為什麼小小的一個芽子能長得那麼高呢？」他總是纏著母親問。

「因為你有給它澆水施肥啊，就像你每天吃飯，不是也長高長大了嗎？」母親說。

「但是，但是，為什麼人吃飯就會長大呢？為什麼菜澆水施肥就會長大呢？」

「噯呀，阿母怎麼知道？阿母又沒念書，你去問老師就知道了嘛。」

當太陽快要下山時，同學都放學回家了，他還守在那畦菜園裡。他已經用鋤頭把土地翻了一遍。滿臉紅撲撲的，流著汗，雙手拄著鋤頭，下顎頂在鋤頭柄上，望望別人的菜園，有的還是原來的樣子，有的卻已經種上菜芽子了。似乎沒有人像他這樣把土新翻一遍。這是旺伯教他的。

「但是，接下去呢？」他把鋤頭揹在肩上，循著菜園的斜坡走向教師辦公室，遠遠就叫著：「旺伯仔！旺伯仔！」

「怎麼？還不回家啊！」旺伯皺著臉，笑咪咪的說：「把菜園仔裡的土翻好了？」

「但是，接下去呢？可以種菜了嗎？」

「還早哩，明天教你燒野草，燒成灰可以當肥料。」旺伯提了個水桶，拖著左腿一瘸一瘸地向三年級教室旁邊的水井走去，「然後，還要把菜園的水溝築起來，不然一下大雨，菜都被淹死了。」

「是哦？」他倒沒注意他家的菜園仔是否也築了水溝。

經過這一番努力，王宏和旺伯關係更加貼近了。兩三個月以後，他的菜畦裡的菜果然比別人長得更大更肥，譬如那些紫色茄子，又飽滿又晶亮的表皮，就絕不是別人種得出來的。他把它取名叫「旺宏茄子」，意思是說那是旺伯和他合作的成果。

有一次，放學的時候，他到菜園裡想摘些芥菜和絲瓜回家給母親。他很喜歡看到母親拿到他親手種的菜的時候的喜悅，雙手捧著那些菜，滿臉溢漾的笑容，歡欣地叫著：「哇啊！阿宏好能幹哦！還會種菜給阿母哩！好能幹哦！」

那天，全家人都吃了他種的菜，連阿嬤和阿爸都說好吃。

但是，當他興沖沖地跑到菜園仔，卻發現那些原本肥厚的芥菜葉子和長長的條狀絲瓜都不見了。芥菜梗子上只剩下幾片小葉子，絲瓜棚架也只剩下幾條小小的絲瓜了。

「怎麼會這樣？誰偷了我的菜？」他喃喃自語地跑去找旺伯。「你知道是誰偷了我的菜？是誰？」

「噯呀！噯呀！不要那樣子講嘛，什麼偷不偷的？」旺伯還是皺著臉，笑咪咪地說：「摘就摘了嘛，還會再長出來呀！」

「我不要，我不要！」王宏執拗地說：「你告訴我，是誰偷摘了我的菜嘛！」

「不是偷啦，怎麼說是偷呢？」旺伯說：「是校長太太剛剛摘回去了。」

「校長太太？她怎麼可以……」王宏蹦地跳起來，向校長宿舍跑去了。

校長太太有點胖敦敦的，剛從廚房裡提了一桶水到玄關的台階前，台階旁邊一個竹籃子，裡面放了一堆濃綠色的芥菜和三條淡綠色的長條絲瓜，正準備坐到台階上洗菜，王宏卻已經一個箭步搶到台階邊，一彎腰就把那個菜籃子搶著抱進懷裡了。

「這是我種的，是我的！」王宏大喊著：「妳怎麼可以偷我的菜？」

「噯呀！你這個孩子，怎麼可以這樣？」她站起身來，伸手拉住菜籃子。

王宏卻緊緊把籃子抱在懷裡不肯放，還繼續大聲叫嚷著：

「這是我種的，這是我種的，妳偷摘我的菜。」

「怎麼是你種的，你這個野孩子……」校長太太用力把菜籃子一拉，就搶回去了。

王宏心裡一急，忍不住「哇！」地哭了出來，立刻又撲過去搶奪菜籃。突然，一隻有力的手從背後抓住他的右臂，猛地往後一拉，「你怎麼不聽話呢？怎麼可以對校長太太這樣子呢？回去！回去！」

「旺伯，那是我種的，她偷摘我的菜……」

旺伯拉住他的手臂往校門口走去，邊走還邊叨念：「跟你講過了，菜摘了還會再長出來就好了嘛，為什麼要這樣呢？」

王宏用力掙扎著，卻掙不開旺伯的手，便更加委屈地嚎啕大哭起來。旺伯拉著他，一直到校門口才把他放了，揮著手驅趕他，「回去！回去！再不回去，你阿爸又打你了，我告訴你。」

王宏嚎哭著坐到地上，「幹你老母啦，你們大人都欺負小孩！欺負小孩！我幹你老母啦！」他突然站起來，雙手把臉上的汗水和淚水抹了抹，倔強地憤恨地向站在玄關台階的校長太太大聲恐嚇：「妳偷我的菜，我也要偷妳家的東西，妳給我記住！」然後從地上撿起兩顆石頭，猛力向校長宿舍扔去，一轉身跑了，還大聲叫嚷著：

「我要把妳家的三角褲全部偷走，妳給我記住……」

旺伯望著他的背影嘆了一口氣，臉上卻忍不住浮起一抹微微的笑意。

王宏讀五年級下學期的時候，剛開學以後不久，一個炎熱的早晨朝會的時間，全校的老師和學生都在操場集合。一個矮矮胖胖微禿著頭頂的男人，校長介紹他是市政府來的督學。用他濃重的外省口音講著國語，站在升旗台上向大家訓話：

「你們這個八斗國民小學是日本人蓋的，日本人教你們，說你們是日本人，所以你們就替日本人當兵打戰，侵略中國。我們許多親人，許多同學朋友，都被你們的日本兵打死了！」他握著拳頭，不停在空中揮著，滿臉漲得通紅，慷慨激昂，音調高亢地喊叫：「本人要告訴你們，你們不是日本人，你們是中國人！是中國人！中國人就要效忠蔣總統，不可以效忠日本人。我們，在偉大英明的蔣總統領導下，國家一定會強，人民一定會幸福！」

訓話結束時，他還帶領大家呼口號，「中華民國萬歲，蔣總統萬歲！萬歲！萬萬歲！」

朝會結束以後，王宏到教師辦公室，替老師拿作業簿和粉筆，便聽到旺伯在走廊底下，嘮嘮叨叨地向辦公室外的大榕樹大聲說：

「什麼日本人，中國人。我不是日本人，也不是中國人，我是台灣人，是八斗子人！」他也聽到校長大聲喝斥旺伯：

「你瘋了！你在胡說什麼啊？你再胡說，是會坐牢的哦，會被抓去槍斃！我告訴你！」

讀完五年級下學期，因為發電廠的煤場擴大範圍需要學校這塊土地，所以整個學校就遷移到新校區了。而在新校區裡，大家就再也沒有看見過那位老校工旺伯了。有人說，他全家搬到外地去了。但是，搬去哪裡呢？八斗子的老鄉親們竟沒有一個人知道。

鬼來了！鬼來了！

八斗國民小學的新校區就在發電廠宿舍旁邊，隔著那條從九份山腳下的水湳寮通往和平島的五分仔火車鐵路，一邊用紅色磚牆圍起來的是發電廠宿舍，另一邊種著一排低矮的新樹，就是八斗國小的新校區。從學校入口鋪設了一條水泥路，左邊是泥土地的操場，操場過去是兩排老師的宿舍；水泥路的左邊是一座大岩壁，岩壁上刻著四個大字：「海國容才」。這四個字，俊秀挺拔，但卻不知出自什麼年代，也不知出自何人手筆。老一輩的人都說，當他們還是孩童的時代，這四個字就已經在那石壁上了。因此，自古以來八斗子就被地理師和風水師們盛傳，這個地方將來會出偉大的人才。所以這座岩壁周邊的土地，過去會成為墳場，現在會成為學校，據說都跟這四個字的傳說有關。

水泥路的盡頭是一道階梯。階梯兩邊是小斜坡的花圃，種了一些小樹和花草。走上階梯還有一個小操場，操場盡頭是一座長長的兩層樓的建築，那就是八斗國小學生們的教室和老師的辦公室。

這個新校區原來是八斗子傳統的墳場，是八斗子人的祖先們共同的居所。

為了蓋這個新學校，大多數的八斗子人都必須把祖墳遷移。有些已經無主的墳墓就用推土機把它推掉輾平。所以學校蓋好之後，常常會在廁所邊、或水溝裡發現白色的枯骨。據說都是被野狗從土裡挖出來的死人骨骸。因此學校裡常常流傳著各種關於鬼的傳說。

「我絕不騙你，昨晚經過學校邊時，我真的親眼看見黑密模的校園有一盞小小的、紅色的鬼仔火，飄過來又飄過去。」那個外號叫水雞的八斗子人，在岡市阿姨的雜貨店裡大聲嚷嚷著，「我本來想跑過去看個仔細，但是心裡卻——伊娘哩毛毛的！就不敢過去了。心想，不要見鬼了，那就幹伊老母哩！衰死了！」

「水雞講的，我可以作證，我也親眼見過。真的！」那個在發電廠做工的阿火仔說：「前幾天我做夜班，回家時也看見好幾盞鬼火，在學校的操場上飄過來又飄過去，伊娘哩！我也是嚇得心裡直起毛，拔起腿來拚命跑，邊跑還邊唱『反攻大陸去』哩！」

「當初，學校要蓋在那裡，我就反對過。我說，那是咱的祖先的墓地，活人怎可和死人爭地呢？」那個接替水土叔公做了媽祖廟的廟公的承業叔說：「不鬧鬼才怪哩！活人的土地被占了都要拿刀子拚命，何況是占了死人的地呢？」

「這樣，孩子去那裡念書也不能安寧了。」

「就是，前幾天已經有兩個學生被煞到了，還到媽祖廟來求媽祖哩。」承業叔說。

學生們對於學校鬧鬼的傳說，又是興奮，又是害怕。常常扮鬼互相嚇唬，又常常必須相約作伴才敢去上廁所。

「鬼來啦！鬼來啦！」最先上完廁所的人，總會這樣大聲嚷叫著嚇唬別人。就有女生因為這樣被嚇得不敢上廁所，也有幾個學生因為這樣，被嚇得生病，發燒講囈語。大人都說，這是被鬼煞到了。

「這樣不行的，孩子們怎麼念書呢？」大人們議論著。終於決定擇了吉日請媽祖到八斗國小新校區做一場大型的祭典。全村家家戶戶準備牲禮、紙錢，在學校的大操場上祭拜那些不甘願被遷走的，以及無主的亡靈。

那天上午十點鐘，八斗國小操場上就擺滿了桌子，桌上也擺滿一副一副牲禮。升旗台上用木頭搭建了一座祭台，祭台有兩層，最上一層的中央坐著佛祖神像，左右兩邊是觀世音菩薩與地藏王菩薩。下面一層正中央坐的是八斗子度天宮聖母媽祖的神像，左右兩邊各擺了好幾尊民間傳說中的眾神，當然也有土地公。這些佛祖菩薩和眾多神明都是請來鎮煞的。祭台的兩邊放著幾幢八斗子人稱為「靈厝」的紙紮的房屋，顏色斑斕瑰麗，非常富麗堂皇。

祭典由三個外地請來的道士的誦經唸咒揭開序幕。道士後面站著村裡三個公認的「頭人」，度天宮的廟公承業叔、里長杜天賜，以及在地的大財主杜土生。他們手持香柱虔誠地跟隨道士祭拜。比較虔誠的人也會站在他們奉獻的牲禮後面持香祭拜。孩子們有的擠在祭台邊，好奇地望著身上穿著好像戲台上的戲服裝扮的道士，聽著他們聽不懂的道士喃喃唸唱的經咒。有的則擠在那幾幢紙紮的「靈厝」前面，指著上面紙糊的汽車、家具等等，好奇地研究議論。

「這些東西是做什麼用的？」

「要給那些地府裡的鬼魂使用啊！」

「真的啊？但是那是紙做的，怎麼用呢？」

「你不懂啦！這些東西和那一大堆紙做的金庫財寶，等一下就會燒掉，燒了以後就會到陰間給那些鬼魂，他們就能用了。」承業叔的兒子阿添大聲說。

「你怎麼知道？這明明是紙做的，燒了就變成灰了，怎麼用？」王宏因為父親的影響，也懷疑地說。

「噯啊！你們不懂啦！這是我聽我阿爸講的，」阿添說，「那些鬼魂在陰間沒東西吃、沒房子住，所以才會到人間作怪！所以，我們要替他們起靈厝，燒金庫財寶給他們用啊！這樣，他們就不會再作怪了。」

祭典從上午十點鐘開始，一柱香燒完了，就休息一陣，再燒起一柱香再祭拜。這樣持續到下午兩三點，最後再由道士引導，把所有的牲禮都收起來，桌子也搬開了，才把那幾幢靈厝和金庫財寶全都移到祭台正前方的中央。道士手持木劍，口中念念有詞，突然齊聲大喊一聲「祭！」隨即在靈厝周邊繞走了三次，然後高舉木劍在空中劃了幾劃，大喊一聲：「燒靈厝啦！讓你們有房厝住，燒庫銀啦！讓你們有錢用，要常保八斗子大大小小平安無事啊！要保庇八斗子人出海船船滿載哦！」

幾個大男人跟著道士的命令從四邊把紙紮的靈厝和金庫點燃了！火花閃著金黃色的舌頭竄向空中，一股熱氣把本已炎熱的八斗國小的操場烘燒得更加滾燙了，大人拉著小孩的手退到遠處。火舌竄得更高了，空中熱氣流竄，似乎有一片巨大的看不見的，但卻感覺得到的氣流在竄動，有點不安又有點像歡呼的氣息。

大人們神色嚴肅，靜默地望著操場中央不斷燃燒向空中竄升的火舌，孩子們在炎熱中似乎也感覺到一種異樣的詭奇陰冷的氣氛，因此也都有點不安地壓抑著本來隨著火光竄升的興奮。靈厝在火燒中漸漸頹倒了，火勢也漸漸弱了，終至熄滅。一切紙糊的斑斕瑰麗和金碧輝煌都消逝了，變成一堆灰黑的粉末。

黃錦川老師回來了

搬到新校區後，王宏內心有一種巨大的失落感。整個新校園光禿禿的。原來在校園裡的幾棵大榕樹不見了，那片階梯般的菜園仔都沒有了。原來吊在辦公室走廊裡的那座大鐘也沒搬過來。水泥建造的大樓也讓他覺得冰冷僵硬。原來他所熟悉的、親近的八斗國小的一切都不見了。

唯一讓王宏感到高興的是，黃錦川老師又回來八斗國小了，而且又擔任了他們六年愛班的級任老師。

開學的第一天通常有個開學典禮，全校師生都在操場上集合開朝會。那天還沒開朝會時，就有同學在教室裡大聲嚷嚷：「麻仔臉回來啦！麻仔臉回來啦！」

「什麼麻仔臉？」王宏有點不敢相信，怯怯地問說，「你是說黃錦川老師嗎？」

「就是啊！黃老師回來了！他還做我們班的級任耶。」

「真的？」王宏一聽，立刻衝出教室向辦公室跑去。

黃錦川老師還是和以前一樣愛講故事、愛唱歌、也仍然會在課堂上朗誦朱自清和徐志摩的散文和詩歌給同學們聽。王宏仍然仰著頭望他，喜歡他那種似乎沉溺在無限嚮往的情境中的神情。這幾年，王宏其實已經長大了好多，對許多人世間的事情也增加了許多知覺和體會。所以，對黃錦川老師所說所做的一些事情，也比以前有更多的理解。

黃老師似乎比以前瘦了些，臉色也似乎有點蒼黃。他抽很多紙菸，右手指都被菸薰得黃黃的，偶爾在課堂上會咳嗽。據說他有病，身體不太好。他單身，獨自一個人住在老師宿舍裡。王宏每天一大清早就到學校，書包放好就跑去老師宿舍幫黃錦川老師掃地、抹桌椅、洗碗。「你不要做，我自己來。」黃老師總是客氣地說：「你在那裡坐著就好，老師書桌上的書，你可以隨便拿來看，沒關係。」他有時也幫黃老師批改作業或考卷，儼然是黃錦川老師得力的助手。

王宏的作文是全班寫得最好的，不但常常被黃老師拿到課堂上朗誦給同學聽，還被貼在教室後面的成績欄上展覽。

「王宏是個小文學家哩，年紀這麼小，就能寫這麼好的文章，很天才哦。」黃老師每次唸完他的作文，總會這樣誇獎他。王宏總是臉紅紅的，有點忸怩害羞，又有點興奮和驕傲。因為黃老師的鼓勵和稱讚，王宏不但參加全校作文比賽得第一名，代表八斗國小參加全基隆市小學組的作文比賽也得了全市第一名。那次，黃老師送給他一本書當獎品。書名是「給小朋友的信」，白色的書皮已經有點黃了，草黃色的內頁好像被翻過很多次了。

「這是老師很喜歡的一本書，寂寞的時候給我很多安慰和溫暖。」黃老師說：「你一定會喜歡的。但是，不要給別人看到。」

王宏歡喜得像發了財似的，那是他這一生，除了學校教科書以外，所擁有的屬於自己的第一本書。他果然很喜歡。因為這本書的內容像一個慈祥的母親，在給孩子們講故事、講人生的道理。充滿了愛心和關懷。王宏心浮氣躁時讀它，就會感到心情寧靜；寂寞的時候讀它，就感到安慰和溫暖。王宏幼小的心靈，在不知不覺中得到了許多滋潤與養分，他的生命之窗又再一次透進明亮的陽光。

但是，這本書的作者是誰呢？「那不重要，重要的是書的內容。」黃老師說。過了很久很久以後，他已經讀大學了，才發現這本書的作者叫謝婉瑩，筆名冰心，是一個很有名的女作家。因為她住在中國大陸，所以她的書在台灣是被禁止的，當時如果讀了住在中國大陸的作家的作品被發現了，就會被認為「思想有問題」，就會被抓去坐牢，甚至被槍斃。王宏這才明白為何當時黃錦川老師把這本書送他時，特別叮嚀他「不要給別人看到」的原因了。

小學六年級的同學馬上就要考初中了，所以學校對他們的功課特別重視。基隆市區裡的小學，六年級生晚上都要補習。像王宏那個住在基隆街仔同年級的堂兄阿國，讀全基隆市最好的仁愛國小，每晚都要補習到十點多才回家。在鄉下的八斗國小卻因為大多數人都繳不起補習費，所以就沒補習了。但是黃錦川老師常常在放學後，仍然義務地幫他們溫習功課。因為他也希望他所帶的這個班，能有幾位同學考上初中。所以，他也常常用考試逼同學們用功讀書。這對王宏來說，也不是什麼難題，他總是輕輕鬆鬆地在各科考試時，不是拿第一就是第二。全班能跟他比的就只有那個班長黃志雄。但是六年下學期第二次月考成績公布時，他卻拿了第八名。第一名是班長黃志雄，第二名卻是外號叫「撒嬌仙」的女同學李仙妮。王宏覺得黃老師很不公平，報分數時，他不是都比那個「撒嬌仙」高嗎？為什麼她第二名，而他卻落到第八名？「太不公平了！」他心裡憤憤不平地想。下課時，越想越懊惱，忍不住就跑到貼了他許多篇作文的成績欄前，把他的作文全部都撕掉了。

「令爸的作文，不願給你們看了！」，他大聲吼叫，把撕下來的作文揉成一團，憤憤地丟在地上。揹起書包，把書桌用力一掀，「狂郎！」一聲，桌子被掀倒了。

「啊！該糟了！我們去告訴老師，王宏把書桌掀倒了！」有人大聲說。

「報馬仔仙，你去告啊！黃老師不公平，令爸不要讀了！」王宏說，拔腿衝出教室，向校門口跑去。

連著好幾天，王宏果真都沒有去上課。每天一大清早，他揹了書包出門，卻悄悄地溜進舊校區裡。原來的操場、大榕樹下、以及菜園仔裡都已長出許多野草了。辦公室的走廊裡的那座大鐘還掛在那裡，他忍不住抓住大鐘下面的繩子，用力搖動起來，「噹，噹——噹，噹——」鐘聲仍然清脆嘹亮地傳到八斗子的大街小巷。

「喂！喂！你在幹什麼？」一個煤場的工人從原來的辦公室裡跑出來，指著王宏喝斥，「你是怎麼進來的？想要偷東西嗎？我要叫警察哦！」

王宏嚇了一跳，立刻拔腿跑了。

現在對他來說，逃學其實已不是那麼有趣。因為他平時的那些死黨都在學校上課，只剩下他一個人，要去哪裡呢？他只好獨自坐到他家菜園仔後面那條「陸軍路」邊，遠遠望著對面牛寮嶺下那條鐵路和公路。

「為什麼黃老師對我這麼不公平呢？」他十分不解，也十分地在意。因為在意，所以就更加覺得委屈。他從地上拔起一根酢漿草在嘴裡嚼著，酸酸的，有點像他的心情。他百無聊賴地從書包裡拿出紙和筆，想給對面的公路和鐵路寫生。但是畫來畫去，總畫不像。他便洩氣地收起紙筆。

突然，牛寮嶺下的鐵路出現了一列火車，蜿蜿蜒蜒地，從和平島那邊駛過來了，像極了一條巨型的蜈蚣，也像極一條巨大的毛蟲，蠕蠕地在地上一步一步向前爬去。

他又再次拿出紙筆，迅速地把火車畫上去，一節一節的車箱，還有不斷冒出黑煙的火車頭，然後補上牛寮嶺的山的輪廓，再補上一條海岸線。雖然線條畫得歪歪扭扭，似乎不像一幅畫，但他卻有點得意，不禁微笑起來。

但是，一想起黃老師的不公平，他的心情立刻又十分沮喪了。他悄悄地，有點閃躲地向海灘走去。

春天，對八斗子的討海人來說，是冬天逐漸淡去的尾聲，也是夏天逐漸來臨的前夕。海裡的大浪明顯地較冬天平穩了、馴服了，但是八斗子的漁船仍然在整修的階段，太陽暖呼呼的，還不燙人，海風也微微地吹，很涼爽。沙灘上有人坐在板凳上補魚網，也有人替拖到岸上的漁船增補油漆。王宏低著頭閃躲每一個遇到的熟人。大家都在學校上課，唯獨他像遊魂一般四處遊蕩。被發現就遭殃了，他阿爸和哥哥一定會把他綁起來痛打一頓，他阿母一定又會流著傷心的眼淚嘮叨他。「六年級了，要考初中了，要用功讀書啊！」母親經常提醒他、鼓勵他，「只要你肯讀、會讀，阿母再艱苦都要讓你去讀。初中、高中，甚至大學，阿母做牛做馬都會很歡喜。」但是，現在他卻逃學了。他覺得太委屈、太沮喪了。「為什麼黃老師對我這樣不公平？我明明不是第一名，也是第二名呀。為什麼是第八名呢？」他很想去找老師問清楚，但是，現在卻不敢去了。怎麼回去學校呢？回不去了！回不去了！他真想嚎啕大哭。

突然，在八斗街仔那邊傳來一聲：「賣——雜貨喔！賣——雜貨喔！」他心裡一驚，趕緊把書包抱在胸前，低著頭快步奔向防波堤。「賣——雜貨喔！賣——雜貨喔！」他彎屈著身體，蹲藏在防波堤下，把頭緊緊貼埋在膝蓋間。

直到「賣——雜貨喔！賣——雜貨喔！」的聲音逐漸遠去了，他才坐起身來，小心翼翼地，探頭望向前方。母親略顯佝僂地挑著雜貨擔仔搖搖晃晃向前走去的背影仍然清晰可見。他終於忍不住，把臉伏在膝蓋的書包上，「嗚——嗚——」地哭出聲來。

放學的時間到了，他還不敢回家。仍然繼續蹲藏在防波堤下，沮喪地寂寞地空茫地望著大海和天空。幾隻老鷹正在空中盤旋飛翔，其中一隻以斜飛的姿勢突然斜直地撲向海面，隨即又毫無停留地一飛衝天，牠那長而尖的鷹嘴上已叼著一條抖動地閃著銀白色鱗光的魚了。

王宏突然想起小時候母親跟他講過的，「魚媽媽生魚娃娃」的故事，也就是他在日本童話故事書裡讀到的《河童》的故事。母親生他時一定沒有問過他，「你願意被生出來嗎？」如果被母親推回身體裡，現在就沒有他了，他也就不會有現在這些委屈、沮喪和害怕了。但是，如果母親真的問他，他要回答說「不願意」嗎？他不自禁地搖搖頭，無意識地撿起一塊石頭向大海扔去。

「撲通！」一聲，在海面上濺起一陣小小的漣漪。

太陽已經下山了，黃昏的暮色開始從海上和沙灘上升騰起來，逐漸逐漸地向四周擴散，逐漸把整個世界都籠罩在灰黯的暮色裡了。

王宏從防波堤上站起身來，揹著書包，低著頭，向家裡走去。當他快要走到那排大榕樹下的罔市阿姨的雜貨店時，突然聽見背後黃錦川老師的一聲叫喚，「王宏！」他猛地一驚，迅速回頭一望，黃老師高瘦的身體幾乎跟他觸身可及。他忍不住「啊！」地叫了一聲，向後退了一步，驚疑地防衛地盯著黃老師。

「你為什麼要逃學呢？為什麼不來上課呢？老師這麼關心你，這麼愛你……」

王宏突然「哇！」地一聲哭起來，撲向黃老師的身上，緊緊抱住他，忍不住不停地抽搐哭泣。

「不要哭，不要哭，你逃學還敢哭？」黃老師慈愛地輕輕地拍拍他身體，

「我就知道你一定是逃學不來上課了，所以我才想親自到你家裡叫你明天要來上課。」

「老師，老師，請你不要告訴我家裡人好嗎？我會被打死……」王宏抽搐著低聲央求。

「好，好！老師不跟你父母說，但是你明天一定要來學校上課，知道嗎？」

王宏點點頭，佇立在暮色中望著黃錦川老師的背影逐漸在灰黯中消失，他才用手背抹了抹臉上的淚痕，如釋重負地以輕快的步伐向家裡走去。

黃錦川老師第二次到王宏家，是在基隆市初中聯考報名的前夕。王宏的父母因為要不要讓他去考初中，已發生過好幾次爭執。

「你娘哩，一家人都快要餓死了，還要給伊讀初中。幾個孩子都因為妳，小學畢業都去讀初中、讀高中了，令爸負擔不起了，我告訴妳！妳那麼能幹，妳去負責！」金水大聲向他老婆幹公咒媽，怒氣難消地呵叱：「令爸一輩子沒讀書，還不是這樣過？通八斗子漁村，哪一個不是小學畢業就下海捕魚了！就只妳生的兒子比別人聰明是不是？比別人尊貴是不是？害死令爸一個人操那艘船，連個幫手都沒有！令爸就是不讓伊去讀初中，給令爸留下來幫令爸捕魚！」

「你這個男人，像什麼男子漢？人家做父母的，都巴不得自己孩子能上進讀書，獨獨你這個男人，要害死自己親生兒嗎？你不要他讀書，不肯負責，我來負責！只要孩子肯讀書，能讀書，我做牛做馬，再艱苦也甘願！」金水嬸邊回嘴咒罵她的丈夫，邊流著眼淚堅決地倔強地說：「像你這樣一輩子捕魚，做青冥牛，不識半字，給人瞧不起，有什麼好？我歹命才跟你艱苦一輩子，我絕對不要給我的孩子再過這種日子。」

父母每次為了他的事情爭吵，他就躲到哥哥的房間流眼淚。那個已經讀到水產學校初三，正準備要考高中的五哥就會不耐煩地呵叱他：「你哭啥啦？哭啥啦？把眼淚擦乾！平時不好好念書，就會哭！煩死了！」

王宏忍不住又委屈又憤恨地衝到父母面前，一邊哭一邊指著父親大聲說：「你大小眼不公平，阿兄就可以讀，我就不可以。我不讀，就不讀，有什麼了不起？但是，令爸也不願幫你去捕魚，我告訴你！」說完，他就哭著往外跑了。

王宏這個五哥跟他很不一樣，從小就安安靜靜的，放學回家就自動寫功課念書，所以每學期的學業和操行成績都是第一名。念了水產學校初中，也是每學期總在前三名內。所以很得父母和上面的哥哥的疼愛。他父親對他念初中，再考高中也比較沒有意見。但是王宏在父親和哥哥眼裡，卻是個頑皮搗蛋的孩子，雖然平時考試成績也很好，但常常逃學不上課，整天趴趴走，不是山上就是海邊，不是打架就是偷採芭樂、偷挖番薯。常常被老師、被同學，甚至同學的父母告到家裡來。

「這個孩子明明不是讀書的料，你看過伊底時好好念過書？」金水說。

「但是，老師不是說伊很會讀嗎？還保證伊一定能考上基隆省中。」金水嬸反駁說：「那天，黃老師不是親自到我們家來拜託嗎？還說願意替阿宏出報名費，老師都這樣保證，你還不相信？孩子的前途，你到底是怎麼想的？」

「什麼相信不相信？是令爸債務太重，負擔不起啊！上次為了阿儒講的投資，跟人家借的錢，標的會，我一想起就不能吃不能睡。」

金水嬸一聽丈夫提起這件事，整個臉也暗了，眼淚也忍不住汪汪地流了一臉。他們的大兒子阿儒在銀行做事，認識了一個生意人，找他投資做生意，說保證他賺錢。所以他就回家來，找父母設法籌錢投資。起始，金水是很小心的，只標了兩個會給阿儒投資，兩三個月也確實賺了一點，金水的心就活了。於是不但自己做會頭起了三四個會，還去基隆街仔向親戚們借貸，籌了二、三十萬全都投進去了。沒想到，那人拿了錢以後就不見了。因此，每個月的會錢，壓得金水夫妻兩人，每天焦慮不安，神經幾乎都要崩潰了。

「唉！這是我們歹運，碰到了也沒辦法！」金水嬸嘆了一口氣，卻仍然堅定地、低聲地說：「但是，孩子的前途還是不能不顧啊！只要他肯讀，能讀，我做牛做馬也甘願！」

繳報名費那天，金水嬸終於張羅到五十元了，就親自到學校來找黃錦川老師。

「沒關係啦！我說過王宏的報名費我替他出，妳就不要客氣了！」

「不許這樣啦，老師對伊那麼好，我們做父母的已經感恩不盡了，怎能再叫老師出錢？」金水嬸堅定地，硬把五張十元的紙鈔塞進黃老師手中，「但是，請老師先不要讓伊阿爸知道，拜託你啦！」她說完就流著眼淚走了。

我考上省中了

初中聯考過後就立刻放暑假了。王宏也好像立刻就忘記了這件事，每天清早起來，就拿了自己做的釣桿往海邊跑。父親的漁船進港了，他也蹦蹦跳跳地跑去幫忙曬漁網清洗漁船。倒是金水最近以來臉色都顯得黃黃的沒有血色，身體看起來也似乎有點委靡不振的樣子。

「金水仔，你不要是生病了吧？要不要替你請醫生來看看？」金水嬸端詳著丈夫的臉，憂心地說。

「連著幾天，我的頭殼都在隱隱地痛。」金水摸摸自己的頭，疲憊地說，「哪有錢請醫生呢？藥包裡拿一帖頭痛藥給我吃吃看吧。」

那天上午金水吃了藥以後，就沉沉地睡著了。下午王宏跟他幾個死黨阿圳、黑龍相約去學校旁邊的發電廠的宿舍用彈弓打鳥。在路上遇見了幾年前已經轉學去仁愛國小的陳明峰。

「喂！王宏，你沒有去看放榜嗎？」陳明峰說：「你考取省立基中了，你自己還不知道嗎？」

「真的嗎？騙人，你怎麼會知道？」王宏急促地問，忍不住心臟一陣急速狂跳。

「我剛去看放榜回來，我在省立基中的名單有看到你的名字。沒騙你！」

「哇啊！王宏好厲害，考上省立基中了，好厲害，好棒哦！」阿圳和黑龍都跳起來歡呼。他們倆都沒報考，卻很替王宏感到高興。

「我真的考上了嗎？」王宏又高興，又忍不住有點狐疑，「會不會是同名同姓呢？」他回過神來問陳明峰，「那你呢？你有考上嗎？」

「有啦，我考上市立初中了。」陳明峰說：「你要是不相信，就自己去看榜嘛，名單貼在省立女中校門口。名字上面還有准考證號碼，一對就知道了嘛。」

「好好，我要去看放榜。」王宏叫著，轉身就跑，「阿圳，黑龍，我不去打鳥了，我要去女中看放榜。」

王宏奔回家裡，只見他祖母穿著一身黑衣褲，拿了一只板凳坐在門口，正在剁軟芭樂吃。

「你這個猴囝仔沒一分鐘安靜，這樣惶惶狂狂跑啥麼啦？要吃芭樂嗎？還有半個給你吃。」他祖母說。

「我不要吃芭樂。」王宏進了廚房找出他的木屐，杓了一盤水把腳洗了洗，「我阿母呢？」

「你那個阿母啊，過午就沒看到人，不知死到哪裡去了。」祖母看著王宏穿了木屐走出來，「你穿木屐要去哪裡？」

「阿嬤最壞，愛罵我阿母，我不跟妳講話。」王宏說著，踩了木屐大步向公車站走去。站牌下有許多人在等車，王宏眼光向人群搜尋了一下，便挨到村裡熟識的阿木叔身邊。等公共汽車一靠站，人群立刻像蟑螂一般，「嘩嘩」地撲向車門口，你推我擠地糾成一團。王宏緊緊跟在阿木叔身邊，當大家擠成一堆時，他便用手抓住阿木叔的衣襟。

「你們不要擠，一個一個來好不好？車輛空空的又不是坐不上，不要擠啊！」車掌側身站在車門邊，一邊收票一邊大聲說。當阿木叔站上車門階梯拿票給車掌時，王宏便一溜身從阿木叔屁股後面閃進車廂裡了。

「小猴子，你很聰明啊，手腳也很快喔！」阿木叔上了車，笑笑地對王宏說：「你單獨一人要去哪裡啊？」

王宏微微紅著臉，有點忸怩地低聲說：「我要去女中看放榜啦！」

「今天初中放榜了？那高中呢？」阿木叔問。

「高中還沒考，我五哥還在家溫習功課。」王宏說。

「通八斗子村裡，就是金水嬸生的兒子會讀書，幾個大的像阿儒、阿統、阿義，個個在日本時代就都很會讀書了，實在不簡單！」阿木叔向周邊的人誇讚王宏家的兄弟，又低頭問他是排第幾的兒子，「最小的啊？連最小的今年也考初中了，實在了不起。金水仔一輩子不識字，生了一大堆兒子卻個個會讀書、愛讀書，這不是很奇嗎？個個都讀初中、高中，負擔很重，伊們夫妻倆竟然也能拖得過去，實在了不起啊！」

「噯喲，你沒看金水嬸的艱苦，由早做到暝，由年初做到冬尾，是用生命在飼兒子的，通八斗子村裡，啥人能像伊這樣？伊家那個金水仔，還不時對伊大聲小聲。還有那個婆婆，講起來連我們都替伊不平！」不知何時，罔市阿姨也坐在公車裡，聲音抑揚頓挫地和阿木叔聊了起來。

王宏心裡很尷尬，沒想到他家的事，竟然會成為人家議論的話題。他低著頭擠到車掌身邊。公車一到市政府站，他立刻衝下車，快步沿著田寮河走去。省立基隆女中他曾從校門口經過好多次，因為他的大哥阿儒的家就在基隆女中對面的田寮河邊。

平時王宏陪母親去大哥家，下了車也沿著田寮河走這條東明路。但今天他才突然發現，原來東明路這麼寬廣，天空又高又藍又清朗，田寮河裡的水清澈見底，魚群在水裡游來游去。兩艘裝了馬達的舢舨載著貨物在河裡奔馳。河邊兩岸的楊柳樹在風裡微微地搖擺。

王宏太興奮了，胸中好像有一股熱血要蹦溢出來的感覺。他忍不住在河邊的馬路上蹦跳起來，大叫：「阿母啊！太高興了！太歡喜了！我考上省中了！」

他腳上穿著木屐快步走，心裡急著要趕快把這好消息告訴父母和黃老師。走著走著，突然木屐一歪，左腳的木屐耳帶竟斷了。他把木屐拎在手上，乾脆赤腳在河邊的堤岸上狂奔起來。

當他坐了公車回到八斗子時，太陽已經下山了。他連奔帶跳地回到家裡，還沒進門就忍不住大聲嚷叫了，「阿母，阿母，我考上省中了。」

「阿宏，小聲一點，你阿爸還在睡覺，不要吵伊。」金水嬸坐在廚房裡，就著有點暗淡的濁黃的燈光針補衣服。

「咦？阿爸沒出海嗎？」

「你阿爸生病了，上午吃了藥，一直睡到現在。」金水嬸說：「阿宏考上省中，好能幹，等阿爸醒來聽了一定會很高興。」

「這個孩子最壞了，下午還罵我哩。」王宏的祖母坐在她的床頭，一面搖著扇子趕蚊子，一面笑笑地對王宏說：「這麼不乖的孩子，不准你去讀中學。」

「阿嬤最壞啦，我不理妳！」王宏說。

「你怎麼可以跟阿嬤沒大沒小？亂來！」金水嬸低聲呵叱。

王宏坐到飯桌邊，快速地吃完晚餐，看到母親滿臉憂愁煩惱的神色，便默默地走進他和五哥共用的臥房。自從四哥去當兵以後，他睡覺的地方便升級了，由父母房裡搬來與五哥同宿。

「阿宏恭喜你金榜題名了。」五哥阿勝平時都對他冷冷的，不太理人家，今天卻親切地稱讚他說，「平時看你散散的，整天趴趴走，竟然能考上省中，真厲害啊！」

「沒啦！運氣的啦！」王宏說。

「希望下星期的高中聯考，我也能考上省中。那就是你的學長囉。」

這個五哥阿勝，三年前考初中時，因為父親堅持他要學技術，將來好找工作，所以沒有參加普通初中聯考，而去報考水產學校。而這也是上面幾個哥哥共同的意見，因為三哥四哥讀的也都是水產學校。但這幾年下來，阿勝已替自己的將來想好了，他要讀大學。為了讀大學，他就必須去報考普通高中，不能再讀職業學校了。因為大學聯考的考題都是從普通高中的教科書裡出來的。這些事王宏以前也聽五哥講過，但他一聽就忘了，也沒記在心上。

孤兒王宏

第二天，天空還只透出一點點淡青色的亮光，王宏就醒過來了。他立刻摸進隔壁父母的房間，藉著屋頂天窗微弱的天光，他看見母親正用手指輕輕揉擦著父親的頭額和兩邊的太陽穴，同時並嗅聞到淡淡的萬金油的香味。

「阿爸，我考上省中了耶！」王宏低了頭在父親耳邊輕輕地說。

「嗯！嗯！」金水的頭在枕頭上動了動，突然叫了一聲：「阿蘭！」

「怎樣？要怎樣？我在這裡呀！」金水嬸忙把頭靠過去，俯在金水耳邊說：「你頭痛好一些了嗎？有好一些了嗎？」

「是阿宏嗎？你怎麼……」金水話沒講完，似乎又睡著了。

「阿宏，你出去，不要吵到阿爸。」金水嬸說。

「好，那我去釣魚囉！」王宏向父親說：「阿爸，我去釣魚回來給你吃。」

王宏釣了魚回家，太陽已經高高掛在天上了。祖母一看到他，立刻從床上坐起來，大聲地有點氣急敗壞地說：「阿宏啊，你阿爸不行了，你阿母剛剛叫了三輪車載了你阿爸，去基隆街仔你的大阿姨家的醫院了。」

「阿爸怎樣了？我五哥呢？」

「阿勝早上就出門了，說要去溫習功課，家裡只剩我一個沒路用的老阿婆。你阿母叫你快去瑞芳找你二哥，告訴伊，你阿爸的病很危險了！」

王宏換了母親今年過年時給他新做的卡其衣褲，穿上布鞋，立刻沿著調和煤場的煤車的鐵軌跑了下去。那是從八斗子到瑞芳最便捷的一條山路。等他跟著二哥阿統從瑞芳坐火車到基隆火車站，再走路到大姨媽家的大表哥開的醫院時，已經是下午四點多了。

當他們兄弟倆一走進醫院，大姨媽立刻把王宏拉進懷裡，流著眼淚說：「可憐你年紀這麼小就沒了阿爸，可憐啊！」

等王宏會意過來時，立刻「哇！」地一聲嚎哭了起來，「阿爸啊！阿爸啊……」

「姨丈的病是腦充血，平時憂愁過度，致使血管破裂。再加上從八斗子到這裡，三輪車一路顛一路搖，到我這裡時已經兩眼翻白，沒救了。我給姨丈打了強心針，已經讓姨母坐車載伊回家了。」做醫生的大表哥向阿統說明經過。

「噯！你阿爸雖然是雷公性格脾氣不好，但卻是一個老實古意的討海人，伊一輩子這麼艱苦也從沒跟我開過口，去年卻來向我借錢，說你大哥阿儒要跟人投資做生意。我就勸伊，生意黑巴巴，像伊那種老實人恐怕會被騙了，但是伊不聽。結果呢？上個月來跟我說，果然被人騙了。你阿爸一輩子都是很正直的人，從不騙人，也從不欠人的錢，現在卻四處去借錢標會，欠了一屁股債，我看伊，整個人都枯黃乾瘦了。怎能不生病呢？噯！」大姨丈嘆著氣，惋惜地說。他是日本時代的小學老師，曾經是金山、萬里一帶的大地主。金水對這個讀過書的連襟是很尊敬的。

「這些事，我也不曾聽說啊！」阿統紅著眼眶，哽咽地說。

王宏和他二哥回到八斗子時，已經黃昏了。

天空和大海之間，只有一隻老鷹在飛翔，時而揚翅高高地飛起，時而幾個盤旋後突然水平地掠過海面。

海上的漁船已駛出老遠老遠，但水面卻隱隱約約的仍可見到一艘艘漁船行過的痕跡。

王宏稚幼的心靈中，如同已逐漸黃昏了的八斗子海灘，有點昏黃模糊地意識到，他往後已經是個無父的孤兒了，他將會更孤單地去面對未來的人生。但那個未來的人生，是像他常坐在防波堤上遙望的遙遙遠遠的天海相連的地方那麼神祕不可測知嗎？

還未走進家門，他已聽到母親如悲歌般的哭聲，他的眼淚也止不住漣漣地流了下來。

二〇〇五、四月七日初稿完成
二〇〇五、五月七日母親節前夕修訂

面對親子關係，我的爸爸仍然跟他爸爸很像。當年，我國三聯考在即，他見我嗜睡癱在床上不念書、鬧鐘也叫不醒，於是喪失耐性，衝進房間隨手抓了吉他就往我身上砸，我驚嚇閃躲了開；但我隱約感覺得到他分了輕重，所以吉他沒斷、也沒真打中我。這件事情因為在關係中的張力，我從來沒忘過。這也是他的「為父之道」，只是，那會被我視為「不可外揚」的一部分，保留在我設定的紅線內。我知道我身在政治家庭中。

童年記憶中還有幾次被爸爸臭罵的經驗。他有些紅線我若不慎踩到了就會得到一頓臭罵，最基本的紅線就是「不孝順長輩」。

比方說，小學一、二年級的時候跟阿嬤同住在木柵的忠順街，某次晚餐時間跟阿嬤搶電視看。在那個戒嚴的年代，只有無線電視的「老三台」能看，不識字、聽不懂標準國語的阿嬤文化資源有限，平常能夠選擇節目非常少，每天大概只有六點至七點的歌仔戲或布袋戲可看。

爭執大概就是這樣發生的，她要看楊麗花，我要看無敵鐵金剛，仗恃著她寵，我不願意讓，爸爸見狀後痛罵，而且暴怒動手修理我。到最後這場家庭課演變成爸爸拿拖鞋打兒子、阿嬤拿扇子打爸爸的劇情收場……

爸爸的另一條紅線則是「不同情弱勢」。

記憶中也差不多是那個年紀，我們一家人因為颱風天都在家裡。可能是停電，我們點了蠟燭圍坐在客廳。我應該是覺得這種經驗很新鮮，於是有感而發脫口說了：「**颱風天好好喔，可以不用上學，又可以點蠟燭。希望常常有颱風。**」

爸爸聽了瞬間暴怒，可能也有點「機會教育」的味道，但完全毫不保留地對著我兇：**「你怎麼可以這樣想！颱風有多危險！你知道外面有多少人沒有地方可以躲雨嗎？……爸爸小時候在漁村住的破房子，屋頂是木板做的，最害怕的就是颱風！」**

我想我當時被他的怒氣嚇哭了，最後當然也是媽媽或阿嬤來收場，但這兩件事情也就從此烙進我的童年記憶、印入我的道德課本裡了。我長大後的樣子（投入弱勢運動、助人專業），似乎間接證明了他的暴怒一直發生著作用。

家庭外的政治

儘管模模糊糊，但我的確從很小的時候就感覺得到政治這回事兒，特別是爸爸因美麗島事件入獄之後。這就像是拼圖一樣，得要從一些紛亂細瑣的小情節慢慢琢磨拼湊出來。不過，面對政治這檔子事，我的拼法卻只能「反」著來。先從一些有跡可循的碎片下手，盡可能拼湊出邊邊角角後，剩下所包圍出來的「空白處」，應該就是政治了。當然，那時不會有人直接告訴我政治、政治犯是什麼、政治裡面有什麼。總之，就是我慢慢掌握了一些「別人知道關於我自己、但我自己卻不知道的事情」。

所以這多少也算得上「能力」吧？

比方說，美麗島事件前，我小學二年級，記得曾經問過爸媽「**為什麼對面公寓的陽台有照相機對著我們家？**」類似這種難以對小孩子解釋清楚的問題，或許因為這樣，我也不記得他們選擇怎麼回答我的。

又比方說，美麗島事件後，全台大逮捕，某天上午，便衣警察在我和妹妹一如往常揹好書包準備出門上學時，進門「逮捕」了爸爸。現場沒人逃、沒人追，沒人慌張哭鬧、也沒人宣讀或爭論些什麼，一切和和氣氣的，只是沒人有笑容。爸爸淡淡地跟我、妹妹、阿嬤介紹說：「**是爸爸的朋友，要出去一下。**」然後就看著他們一夥人走了。一直到了媽媽帶我們去龜山監獄，我才知道原來爸爸是「罪犯」，他是被逮捕入獄的。對於美麗島事件殘存的印象，我只剩下施明德被張溫鷹整容後在電視上鋪天蓋播放的那張照片。

那時候的我，對世界的認識很大一部分是來自《無敵鐵金剛》與《天眼》這類黑白分明、正邪不兩立的電視節目，儘管感覺父親坐牢是件必須被遮掩的「恥」，但心裡也隱約知道爸爸不能這樣用黑白分明、善惡二元的框架來理解，爸爸與「壞人」之間的等號不能就這樣劃上。我至今都還記得爸爸隔著玻璃幃幕拿著黑色的話筒鄭重地交代，要我「以他為榮」的畫面。但是，這仍然無法處理在價值上的混亂。於是，暫時性的「不明經驗存放區」就這樣慢慢被圈圍出來。

這個「不明經驗存放區」並不全然被負面意涵所填充，比方說，美麗島事件後，為了提供關係上的支持，部分黨外人士與辯護律師組織了許多年輕志工，共同籌辦「關懷夏令營」，即政治犯家屬／子女夏令營。我和妹妹都參加了，印象中除了溫言軟語的志工姊姊、謝長廷的風趣與他在寢室中講的笑話、營隊中逗趣而機智的小活動之外，最常跟邱茂男、姚嘉文（周清玉）、周平德的女兒們邱議瑩、姚雨靜、周玲妏玩在一塊。記憶裡，營隊的活動是「去政治」的，但參加的小朋友們彼此都知道是來自某種政治的共通性。不過，身為政治犯子女在校園中被標籤為「壞人的小孩」的困境似乎大家都束手無策，也沒有成為營隊中被討論的議題。關懷夏令營最終也被我歸類進「不明經驗存放區」。

我們各自的童年

作為一個政治運動者的孩子，我的童年，便是各種政治知覺的起始。不管是在家庭內成員之間，彼此的權力和關係對待；或是自家庭關係中內化與大環境有關的政治道德價值；還有因為我的家庭，從外部而來的種種複雜的政治對待……。這些對一個年幼的孩子來說，都是非常非常有重量的壓塑，感受如此深切，不論是開心、痛苦或驚惶，但卻無以名狀，也沒有可以全盤理解的能力。

但這就是我之所以為我的根基。如同爸爸在八斗子貧窮困頓但充滿母愛的童年中成就了他部分的人格、做為政治運動者的人生，他童年的延續，也一直往前走，更成就了部分我的人格、和我同樣也做為政治運動者的人生。《阿宏的童年》讓我得以回看我的童年、我的政治，給我自己新的理解和詮釋；更進一步，視線再往前回溯，得以窺見爸爸的童年、爸爸的政治，有機會給我們彼此更多涵射的感同身受。

爸爸的童年，映射著我的童年，以及許許多多與他同輩、與我同輩的孩子們的童年。爸爸這三部作品都是他用自己的血肉投身、並且呈獻出來給這個世界看的純真心意；在永遠充滿矛盾、困惑、傷害的路上，仍然用盡全力吶喊、呼喚如同故鄉般的童年初心直到最後。

（本文作者為王拓之子、基隆市議員、社運工作者）

附錄

風火的訊息

——懷念王拓

黃武雄

縱然歷史已經
翻了頁　黃昏的風吹散
烈日的記憶
你仍執拗的守護
那座烘爐　爐面燻黑
似皸裂的皺紋　守護
半個世紀的餘燼
豪邁中裹著幽微的柔情

水面湛藍　北台灣晴空無垠
游翻自在如魚　海草搖曳
母親的呼叫聲　猶迴盪在水裡
遠方風火的訊息　已抖落林間

你踏著海的笛聲
帶著鮮明的　來自底層的印記
一字字濃墨的書寫
步入不可知的黑白

暗夜　年輕的心　聚集在
陋巷的危樓

理想似寶石　但朦朧曖昧
燃燒的熱情　雙頰如火
引向未來　道路暗黑曲折
奮力探照的是　一對對
年輕發亮的眼睛
祕密是友誼與理想的承諾

一波波喧囂與抗議
結局是無情的淒楚
無助的恐懼

那是抗議者的命運
黑牢裡　母親　家　柔情

牽掛如絲　你細細咀嚼
卡拉瑪佐夫的文字與世界

細細思索
德川與貞觀的智謀
孤伶的凝視一盞火炬
四周黑暗　在漫漫長夜

春風再次吹拂　海水再次湛藍
你又游翻如魚
但未曾忘記風火的召喚
你再次把柔情收藏心底
回到原來的道路

昔日的足跡已紛亂雜沓
道路模糊難辨
你執意守護人道與自由
換來友誼的裂解　永遠的痛

日曬雨淋　在空曠的荒漠
一塊塊磚頭　你辛勤搬運
由下而上　用泥草堆砌
意欲打造人的世界

一塊塊
手工打上底層的印記

一次次　仰看眾鳥
掠過夕日的天空

潮漲潮落　人聚人散
時日推移　天地倏忽蒼老

歷史已經翻頁
寫不完的故事　任它留在風裡
母親　家　柔情

理想　寶石　世紀的餘溫
風火的訊息　啟示錄的年代

夾著豪邁的幹譙聲
如此無忌
只因兩種扞格的身分
袖口的墨漬　與草根的烙印
融入你的性情
如此渾然天成

日頭已墜　吾友
世事如煙
飄ノ是你的一生

二〇一六年八月八日週一，我的記事本如此記錄：

「前日中午，接到拓兄病危通知。醒之來電。

已流了一天眼淚。

七月二十三日他才在這裡與我談論世局，憂心小英團隊無法打開這複雜的局面。七月二十八日還Line訊息給我。隔天便因心肌梗塞送新光醫院。

他剛完成兩部小說，月前寄來稿本要我先讀，給他意見。

這兩天我邊讀邊哭。

《呼喚》讀了一半，淚流不停，無法卒讀。」

八月十一日週四，醒之用Line問我，可否寫篇文章追思。十二日文彬再用臉書私訊詢問。我甚猶豫，自知此時氣力不足。

同日下午，我告訴文彬，或許以詩代文。十五日夜，接醒之來電，深夜動筆書寫此詩初稿。

有些時候，言語道斷，人很多情意與感悟無法用文字表述。對我來說，

「詩，補文字之不足。」一定要書寫，只好寫詩。

詩可以曖昧，可以跳躍，此詩力求明白易懂，雖難免抽象，但符合事實，呼應王拓小說中的寫實主義。

一九九五年，我於台中養病。曾以筆名鄭本寫「族人」一詩，登在〈時報人間副刊〉。

詩中有句「我閒散如大溪地的族人，背海面陽，但浮貼一臉憂傷」。

拓兄於來訪時忽然問我：你去過大溪地嗎？我答：無。拓兄沉默無語。或許因堅持寫實主義，對跳躍虛擬的時地，亦如此敏感。

寫此詩時，當日情景就在眼前。

此詩亦試圖以種種對立面，諸如海水與風火、墨漬與草根、自由與教條、友誼與理想、豪邁與柔情、浪漫與務實，記實追述拓兄的一生，無一虛擬。

正是這些對立面，這些重與輕內在辯證，沉澱成詩末的「飄ノ」。

台語「飄ノ」，中文無對應的譯辭，這是文化差異使然。

瀟灑、落拓、漂泊、柔情、草根、扶弱、又不黏不膩……諸多複雜的面向，融合成一種迷人的性格，尤指男性，此詞讀成 piau-pet。這是台灣底層的用語。

二〇一六年八月十五日

文學叢書 615

阿宏的童年

作　　者　王　拓
總 編 輯　初安民
責任編輯　游函蓉
美術編輯　黃昶憲
校　　對　潘貞仁　游函蓉　王醒之

發 行 人　張書銘
出　　版　INK 印刻文學生活雜誌出版股份有限公司
新北市中和區建一路249號8樓
電話：02-22281626
傳真：02-22281598
e-mail：ink.book@msa.hinet.net
網　　址　舒讀網http://www.sudu.cc

法律顧問　巨鼎博達法律事務所
施竣中律師
總 代 理　成陽出版股份有限公司
電話：03-3589000（代表號）
傳真：03-3556521
郵政劃撥　19785090 印刻文學生活雜誌出版股份有限公司
印　　刷　海王印刷事業股份有限公司

港澳總經銷　泛華發行代理有限公司
地　　址　香港新界將軍澳工業邨駿昌街7號2樓
電　　話　(852) 2798 2220
傳　　真　(852) 3181 3973
網　　址　www.gccd.com.hk

出版日期　2019年12月　初版
ISBN　978-986-387-323-5

定　價 280 元

國家圖書館出版品預行編目資料

阿宏的童年／王　拓著；
--初版，--新北市中和區：INK印刻文學，
2019.12 面；14.8 × 21公分.（文學叢書；615）
ISBN 978-986-387-323-5（平裝）
863.57　108018575